Vedere la Fine

Vedere la Fine

Lina Decrescenzo

ISBN Numero: 9798698702948
Preparato per la stampa Settembre 2020
Personalized Press Publishing
Lina Decrescenzo
caddy183@yahoo.com

Indice

L'incendio — 9

La scatola segreta — 15

Amiche da sempre — 21

Nubia a Fourth Mile — 27

Il diario — 32

La mente — 40

La separazione — 47

Il matrimonio — 53

La diagnosi di Nubia — 59

I racconti dei vicini di casa — 66

Il piano di Nubia — 72

Primo indizio — 78

Reparto della memoria — 88

La teoria — 93

Il piano — 99

Ti ho sempre amata — 105

L'amore — 111

L'indagine — 117

Revisione del caso — 123

Un weekend romantico — 130

I ricordi di Jane — 136

Disposizioni di trattamento	141
La sofferenza di Jane	147
L'incontro del club	152
L'orfanotrofio	158
La nuova vita	164
Back-flash	169
La rivelazione	175
La vita con la banda	181
L'amico di Miguel	187
Halloween	193
L'addio di Nubia	198
Vedere la fine	204
Il programma delle feste	209
Natale con Paul	215
La nascita	222
Conoscere Nadia	229
Il giorno di Natale	235

L'incendio

Poco dopo mezzogiorno del 4 gennaio 2019, la casa in via Hope del Fourth Mile, una comunità per anziani, prese fuoco.

Il contenuto della pentola, dimenticata a bollire sul fornello, esercitando una pressione via via più crescente, fuoriuscì dal coperchio e percorrendo le pareti laterali della pentola, inondò il piano di cottura e in pochi attimi, il grasso contenuto nel liquido, al contatto con l'alta temperatura, prese fuoco.

Nubia si era trasferita nella casa circa cinque anni prima; lei voleva vivere la sua vita da pensionante da sola in un posto tranquillo.

Purtroppo col passare del tempo la sua mente divenne labile, cominciò col dimenticare attività semplici come rispondere a una chiamata telefonica o a un messaggio, dapprima sporadicamente poi sempre di più fino a chè la sua mente divenne il suo peggior nemico. I vicini di casa e gli amici le voltarono le spalle.

Nubia per lungo tempo visse in uno stato di negazione, forse per proteggersi dalla sofferenza che la realtà le procurava, per aiutarla ad affrontare la situazione e mitigarne l'impatto del dolore.

Anche se la negazione le facesse guadagnare tempo per assimilare la realtà, a poco a poco dovette ammettere che la sua dimenticanza era una cosa seria. Si sentì vulnerabile, voleva nascondersi dal mondo intero ma si rese conto che non poteva vivere da sola, aveva bisogno di qualcuno che si prendesse cura di lei.

Quel giorno volendo dimostrare a sè stessa che era ancora indipendente, Nubia cominciò a preparare il suo pranzo preferito: la zuppa con pollo e verdure. Mescolò tutti gli ingredienti in una pentola che mise sul fornello, in attesa che il brodo bollisse, si sedette nel salotto a guardare la TV. Improvvisamente, al suono del crepitio e del sibilo corse in cucina e alla vista delle fiamme cercò di spegnerle buttadovi dell'acqua, il che diffuse il grasso ancor di più, divulgando ulteriormente le fiamme che dal piano di cottura si alzarono verso il soffitto.

Nubia non riusciva a capire, il perchè l'acqua non estinguesse il fuoco, 'forse non è abbastanza' pensò e continuò a gettarne di più, poi afferrò cuscini e coperte dal soggiorno e con esse colpì le fiamme con tutta la forza di cui era capace, ma senza nessun risultato.

Il fuoco continuava a diffondersi a vista d'occhio, nella brama irragionevole del momento, e nel disperato tentativo di fermare le fiamme, Nubia agì insensatamente, continuò a buttarvi, tutti gli oggetti a portata di mano, incapace di capire perché le sue azioni alimentavano le fiamme sempre più.

Infine, rendendosi conto che non aveva nessuna possibilità di vincere la lotta, provò a sfuggire il pericolo di perire nell'incendio ma il fumo denso le annebiava la vista e il biossido di carbonio le chiuse le narici. Suo malgrado, riuscì ad entrare nel salotto, dove cadde svenuta tra il divano e una delle poltrone.

L'incendio diventò sempre più alto e attraverso un percorso distruttivo, dal piano cottura bruciando tovaglioli di carta e scatole conquistò gli armadietti di legno e continuò fino al soffitto.

Michelle, una vicina di casa e l'unica amica di Nubia, che viveva dall'altro lato della strada, da tempo si accorse che le dimenticanze dell'amica erano dovuto a una condizione mentale e la convinse a visitare un neurologo. Il medico, dopo gli esami e gli analisi di laboratorio, diagnosticò il morbo di Alzheimer. La diagnosi, devastante per entrambe, fu un avvertimento per Nubia che accettando la sua condizione decise di provvedere alle sue cure future.

'Oh mio dio, cosa diavolo sta succedendo?' Michelle, che aveva sempre mantenuto un occhio su Nubia e la sua casa. uscì in strada, si rese conto della situazione. Il fumo denso e nero che si elevava dalla finestra della cucina lasciava poco alla fantasia, la casa era in fiamme e Nubia in pericolo.

Michelle, chiamò il 911, e convocò i vicini di casa, poi con l'aiuto di alcuni si avventurò nella casa in fiamme per tentare di salvare la sua amica intrappolata all'interno.

Mentre le fiamme continuavano a salire su per il tetto ma prima che potesse devastare la casa e prima che i vigili del fuoco arrivassero, Michelle e due dei vicini di casa riuscirono a portare Nubia in salvo.

"Svegliati! svegliati!" Michelle, scuotendola delicatamente, le urlò ma Nubia rimase inconscia.

Nei minuti seguenti il caos diventò completo: i vigili del fuoco (VVF) arrivarono e subito adottando una strategia aggressiva di attacco diressero il flusso dell'acqua alla base dell'incendio per estinguere e contemporaneamente diminuire i gas infiammabili e ridurre al minimo l'ossigeno che alimentava il fuoco.

I paramedici somministrarono l'ossigeno a Nubia per lenire le vie respiratorie danneggiate dal carbonio monossido e dal cianuro d'idrogeno e medicarono la ferita sulla testa sostenuta durante la caduta sul pavimento nel soggiorno.

"Signora, come si chiama?" Un infermiere le chiese.

Nubia stesa sulla barella nell'ambulanza, in attesa di essere trasportata in ospedale, respirava con sollievo, ma non riusciva a rispondere, 'cercava' nella sua memoria ma non riusciva a trovare il suo nome.

"Si chiama Nubia Kline" Michelle rispose per lei.

"Signora sa la sua anamnesi?".

Ancora una volta, Nubia rimase senza parole, con gli occhi fissi nel nulla, non riusciva a ricordare cosa significasse l'anamnesi. Ancora una volta, cercò la risposta nella sua mente ma non riuscì a trovarne una. Appoggiò la testa sul cuscino e chiuse gli occhi.

Michelle, la sua fedele amica, si sedette accanto a lei nell'ambulanza e rispose alle domande dei paramedici.

Nel frattempo, la strada affollata da più di tremila vicini di casa, i quali guardavano impotenti la scena che si svolgeva sotto i loro occhi chiedendosi l'un l'altro: "che cosa succede? Come? Chi? Perché?".

Tutti cercavano di trovare la risposta giusta:

"La casa di Nubia ha preso fuoco... sicuramente l'ha causato lei stessa ... lei si scorda sempre di tutto … il che non è sorprendente … avrà lasciato il fornello accesso o versato qualcosa sul bruciatore".

Anche se il fuoco risparmiò il tetto della casa, dato la temperatura elevata, rese il legno della struttura dell'edificio instabile e la maggior parte del contenuto inutilizzabile. I danni provocati dal fumo sembravano gravi, particelle della combustione permearono l'intera comunità e l'odore del fumo stagnò per molti giorni. Cenere e fuliggine coprirono pavimenti, pareti e mobili non solo della casa bruciata ma anche di quelle locate dietro la casa di Nubia.

I VVF dopo che estinsero il fuoco, imposero l'evacuazione obbligatoria per gli abitanti di tre case e circondarono la zona col divieto di oltrepassare.

A sera, Michelle, dopo aver procurato le informazioni richieste ed essersi assicurata che Nubia ricevesse le cure necessarie e riposasse nel suo letto d'ospedale, ritornò a casa.

'È così buio' si disse, respirò profondamente, Sentì nostalgia del lampione mantenuto acceso durante la notte e l'ombra di Nubia che intravedeva attraverso le tendine, 'potevo seguire la sua ombra, da finestra a finestra e indovinare quello che faceva' Michelle ricordò.

Dopo cena, prima di andare a letto, guardò di nuovo la casa dall'altra parte della strada, 'mi piacerebbe sapere chi, in realtà, è Nubia, e cosa ha fatto nella sua vita'.

La scatola segreta

Il mattino successivo, Michelle, dopo una notte insonne, si alzò e mentre aspettava che il caffè fosse pronto, guardò le rovine della casa di fronte, circondata dai nastri gialli con la scritta 'Vietato il Trapasso', 'è così triste guardare questo disastro' si disse e si versò una tazza di caffè.

Michelle aveva sempre cercato di proteggere Nubia dai vicini di casa e da sè stessa. 'Devo ammettere che ho fallito'.

Michelle si sentiva in colpa, aveva voglia di piangere nella speranza di liberarsi dal quel grande peso che dal giorno prima sembrava schiacciare il suo cuore. 'Tuttavia, non potevo evitare la tragedia. Lei è una persona libera, e ha fatto quello che credeva opportuno' ma il ragionamento, anche se logico, non alleviava il suo senso di colpa.

Nubia, da quando si trasferì nel Fourth Mile, aveva suscitato la curiosità di molti nella comunità non solo perchè era l'ultima arrivata, ma anche per il suo aspetto fisico, quasi atletico, che contrastava con il colore dei suoi capelli bianchi, per il suo modo di tenersi a parte e di evitare le attività della comunità.

Nubia si teneva sempre occupata: al mattino, dopo il jogging, lavorava molte ore nel giardino a falciare l'erba, potare gli alberi e cespugli e piantare fiori che trasformarono il suo giardino in un manto colorato.

Le domande: "Chi è? Da dove viene?", "Cosa fa per mantenersi così giovane?", "Come fa a lavorare così tanto, tutto il giorno, ogni giorno?" Erano sulla bocca di tutti.

Con il passare del tempo però, Nubia diventò attiva nella comunità; la curiosità si placò e le domande si attenuarono, ma poi, a causa della sua malattia di Alzheimer, si isolò.

Michelle non ebbe mai l'opportunità di avere la risposta alla domanda 'chi, in realtà, è Nubia?' Che da sempre le ronzava nella mente.

'Ho bisogno di sapere' Michelle si convinse, bevve il caffè e uscì di casa. Dopo aver controllato la strada e assicurarsi che nessuno dei vicini di casa stesse facendo jogging, ignorando il divieto di traspasso, entrò nella casa senza porta di Nubia.

Nonostante la maschera protettiva che indossava, l'odore pungente acidico le chiudeva quasi la gola ma non la fermò. Michelle, un investigatore in pensione, 'dopo tutto, questo è quello che ho sempre fatto durante la mia carriera', senza ulteriori esitazioni, iniziò a ispezionare la casa. Le pareti sembravano il risultato di un pittore impaziente, il quale disgustato dalle sue opere, decise di annerirle. I mobili nel salotto erano inesistenti, rimanevano solo le strutture di metallo e le tende, una volta così belle ed eleganti, pendevano come stracci dalle aste contorte.

Michelle si diresse nella stanza che un tempo era la cucina, 'qui non è rimasto nulla', passò nella camera da letto e quello che vide la fece piangere 'che desolazione!' Il telaio del letto spezzato nel mezzo, il materasso e copriletto trasformati in un mucchio di fuliggine, la portiera dell'armadio divorata dal fuoco lasciava travedere i vestiti di Nubia, alcuni completamente bruciati altri solo parzialmente, ancora appesi alle loro grucce.

Michelle ricordò la meticolosità di Nubia nello scegliere i suoi vestiti, che erano l'invidia della maggior parte delle donne del Fourth Mile, 'il suo stile era uno dei migliori che abbia mai ammirato'.

I comodini erano stati risparmiati dal fuoco, ma le lampade cadute sul pavimento, giacevano in mille pezzi, 'non c'è nulla da scoprire nemmeno qui' Michelle, delusa, si disse.

Prima di uscire, si inginocchiò per ispezionare sotto il letto dove intravide una piccola scatola di metallo, la raggiunse con una mano e con cautela la tirò fuori, non era cosi piccola, come era apparsa, provò ad aprirla, ma non ci riuscì a causa della chiusura a combinazione. La portò nel salotto e provò un paio di codici che avevano sempre funzionato nel passato.

"Ah, eccoti!".

Al suono della voce Michelle sentì il cuore battere all'impazzata.

"Non dovresti essere qui, non hai letto il segno 'Vietato il Trapasso?'".

Dopo aver recuperato il suo coraggio d'investigatore, Michelle guardò il proprietario di quella voce, "Jane, sembra che nemmeno tu l'abbia letto" rispose con sarcasmo alla sua amica.

"Ero, come te, così curiosa, non ho potuto resistere a venire e investigare il luogo, mi piacciono i misteri ... Oh! Che cosa hai lì?".

Michelle avrebbe preferito nascondere la scatola di metallo alla sua amica e da sola scoprire il contenuto, e forse trovare la risposta alla sua domanda. Ma si rese conto che non sarebbe stato possibile, avrebbe solo aumentato ulteriormente la curiosità di Jane. Non aveva altra scelta, ma di farla partecipe.

"E' una scatola parzialmente bruciata che ho trovato sotto il letto, ma usciamo fuori di qui prima che tutto il quartiere ci scopra e chiami il 911".

Le due amiche uscirono dalla casa bruciata, controllarono la strada prima di attraversarla, e una volta al sicuro nel salotto della casa di Michelle, cercarono di trovare una combinazione per aprire la scatola.

Dopo un paio di tentativi decisero di usare un martello, il chè funzionò a perfezione, la scatola si aprì rivelando il suo contenuto, "Manoscritti!".

"Non toccarli! sono bagnati, e alcune parti sembrano bruciacchiate" Jane, a voce alta, avvertì l'amica.

Pur essendo in pensione da un po', Jane e Michelle, agenti secreti della FBI, non avevano dimenticato le tecniche usate durante le loro indagini.

"La regola cardinale, ricordi? Bisogna avvolgerli in carta oleata e metterli nel congelatore alla temperatura più fredda possibile per bloccare ulteriori danni".

Entrambe sapevano che avrebbero potuto salvare il manoscritto se essiccato all'aria entro 48 ore, ne erano passate circa 20. Mettere il manoscritto nel freezer avrebbe dato loro più tempo per accordarsi su come procedere per salvare la maggior parte di esso.

Il congelamento rallenta il processo dell'acqua , che si trova nel manoscritto, di diluire l'inchiostro che rende lo scritto illegibile. Inoltre avvolgere il manoscritto in carta oleata impedisce la sporcizia e l'umidità che dalle mani possa spingere la fuliggine e le particelle del fumo e rallenta la crescita e la diffusione della muffa.

Michelle e Jane consapevole del difficile compito che le aspettava, decisero di preparare tutto con calma e prendere il tempo necessario non solo mentalmente ma anche dal punto di vista logistico.

"Ci vorrà tutta la pazienza di cui siamo capaci" Jane commentò.

"Sembra che sia un diario che probabilmente Nubia ha mantenuto da sempre" Michelle dichiarò.

"So che sarà una faticata per mettere tutto questo insieme".

"Ma so che ci riusciremo!".

"Sicuramente!" E senza cambiare idea, le due amiche si misero al lavoro.

Amiche da sempre

Michelle e Jane erano state amiche sin dagli anni dell'Accademia, mezzo secolo prima. Abitarono assieme e condividero la vita durante il perseguimento degli studi per diventare agenti segreti della FBI.

"Per proteggere e difendere gli Stati Uniti d'America".

Entrambe, con orgoglio ed entusiasmo, giurarono il giorno che iniziarono la loro carriera.

Le due amiche promisero l'un l'altra che nonostante gli impegni di lavoro, di continuare a condividere la loro vita per sempre.

Mantennero la promessa per un paio di mesi. Presto, scoprirono che per loro non esisteva un giorno tipico, dovevano essere presente e servire in campi diversi nella stessa settimana, e spesso nello stesso giorno.

Dovevano testimoniare nel tribunale federale un giorno, eseguire un mandato di perquisizione e raccolta di prove compromettenti il giorno dopo, incontri segreti con ignoti testimoni per raccogliere prove sulle attività illegali, arresti e meeting con i capi e altri membri del team in ufficio per discutere e aggiornare sulle investigazioni in progresso.

La loro promessa di rimanere connesse 'nonostante gli impegni ...' fallì un paio di anni più tardi. Assegnate a funzioni differenti, quali la formazione delle nuove leve, analisi delle impronte digitali, servizi di laboratorio, investigazioni della corruzione politica e le promozioni a dirigente di divisioni in differenti Stati le fece perdere di vista fino a quel giorno di un paio di anni fa, al Fourth Mile nella Clubhouse.

"Nooo! Sei tu, Jane?".

"Sì, sono io, ma aspetta un attimo ... Michelle, sei tu?".

Dopo baci e abbracci, Michelle e Jane trascorsero molto tempo insieme, aggiornandosi sui loro passati.

"Mi sono sposata due volte. Entrambe le volte ho divorziato. Devo ammettere che non ho saputo scegliere l'uomo giusto" Michelle confidò.

"Io sono in una relazione stabile da un paio di anni, non mi sono mai sposata" Jane le rispose.

"No, io non ho avuto figli, non volevo rovinare la mia vita con gravidanze e parti".

L'aggiornamento tra Michelle e Jane continuò per giorni e la loro amicizia si riaccese più forte che mai.

"Ti ricordi, quando eravamo entrambe giovani e belle, non importava dove andavamo, gli uomini ci seguivano sempre".

"Sì, mi ricordo" Michelle le rispose, "ma siamo ancora giovani (nel cuore) e belle, tranne che per queste" Michelle si accarezzò le rughette visibile sul viso e sul collo ed esplose in una risata contagiosa.

"Devo dire che la vita è stata buona con me, ho avuto la possibilità di realizzare la maggior parte dei miei obiettivi e sogni, ma devo dire che ho alcuni rimpianti".

"La vita è stata buona anche con me, anch'io ho qualche rammarico".

Jane, all'età di 70 anni, orgogliosa della sua carriera di agente segreto della FBI, trascorsa nella lotta contro l'indistruttibile Mafia in New York, si pentiva di non aver avuto un figlio. Ora che era in pensione, potrebbe aver avuto un nipotino con cui giocare, amare e viziare. Il suo rammarico più grande, però era quello che aveva allontanata Nadine, la sua sorella più giovane, dovuto alla controversia circa il divorzio dei loro genitori. Sua sorella accusava la mamma, mentre lei considerava il padre responsabile per la separazione. Jane tagliò i ponti con il padre e la sua famiglia, mentre Nadine fece altrettando con la loro mamma.

Michelle, all'età di 68 anni, aveva lavorato principalmente a Los Angeles, nella lotta contro le gang in crescita esponenziale. Anche lei, come Jane si pentiva di non avere una famiglia, ci provò due volte, ma entrambi i matrimoni fallirono. La prima volta, divorziò a causa dell'enorme quantità di lavoro che le lasciava poco o nessun tempo per il suo sposo che trovò altrove ciò che non poteva ottenere nella loro camera da letto.

Il secondo matrimonio sembrava essere migliore. Michelle si sentiva attratta da lui, sembrava come fossero fatti l'uno per l'altro, finché un giorno lui fu accusato e dopo una lunga lotta legale, condannato per abusi sessuali.

Michelle si sentì tradita come se il mondo la catapultasse. Fu sopraffatta dalla vergogna per aver vissuto, senza saperlo, per così lungo tempo, con un predatore sessuale, promise a se stessa di non cercare mai più l'amore in un uomo o in una donna.

Michelle però si pentiva della sua scelta di essersi chiusa a quel sentimento chiamato amore, cantato e celebrato da secoli.

Dopo la condivisione degli eventi più intimi del loro passato, le due amiche si sentirono unite più che mai.

"Volevo aggiungere che noi siamo, ancora sciocchine come un tempo ma capace di compiere qualsiasi cosa!".

Michelle e Jane si erano sempre considerate piene di risorse, e videro in quella 'avventura', come loro la definirono, l'opportunità di dimostrarlo ancora una volta.

Trasformarono il salotto di Michelle in un 'laboratorio': rimossero i mobili, pulirono a fondo il piano di lavoro, aprirono le due finestre e arredarono la camera con ventilatori elettrici. Comprarono asciugamani di carta perforata, guanti sottile di gomma, piccole spatole di metallo, e coprirono il piano di lavoro con teli di polietilene.

"Siamo pronti per il lavoro" Michelle annunciò.

"Sì, amica mia, possiamo scongelare il nostro manoscritto che in questa stanza pulita, con un sacco di aria fresca, si asciugherà rapidamente".

Ci vollero un paio di settimane di paziente lavoro per salvare il manoscritto. Appena le pagine si separavano con facilità, misero ciascuna perfettamente piatta sul tavolo tra due fogli di carta assorbente che cambiarono frequentemente fino a quando le pagine del manoscritto furono relativamente asciutte, misero in moto i ventilatori elettrici alla temperatura bassa, per completare il processo di essicazione. Infine rimisero ogni pagina piatta, alternata con fogli di carta assorbente dividendole in tre pile con sopra un libro pesante e li lasciarono tutta la notte.

Quando il tutto fu ben essicato, Michelle e Jane infilarono ciascuna pagina o ciò che restava di esse nei fogli di protezione. Salvarono i piccoli pezzi di carta distaccatesi dalle pagine dovuto all'acqua o al fuoco, li chiamarono 'frammenti' e li misero nei fogli di protezione, fecero una copia per ognuna da leggere con calma e assicurarono l'originale nella cassaforte di Michelle.

A causa delle lacune nelle pagine, fu difficile capire il racconto di Nubia.

"Siamo fortunate ad avere molte fonti di informazioni per capire e, o colmare le lacune".

"E dato il fatto che Nubia è nostra coetanea, possiamo ipotizzare fatti in base al tempo che lei li ha scritti. Assumere o sostituire eventi che sono andati perduti e potremmo anche clonare un paio di pagine" Jane rispose.

Le amiche si congratularono a vicenda con un grande sorriso per il lavoro ben fatto.

Nubia a Fourth Mile

Il 14 gennaio 2013, Nubia, all'età di 65 anni, andò in pensione. Aveva lavorato per molti anni per la casa di cura, 'Today's Nursing Care' in Cedar Rapids, Iowa. Si trasferì nella nuova casa al Fourth Mile, una comunità appena fuori città, per anziani con circa 3.000 case occupate da 3.500 residenti.

Durante l'ultimo giorno di lavoro, Nubia fu sorpresa dalla festa di buon pensionamento dato in suo onore dal suo boss e colleghi. Nubia fu commossa, non solo dai ringraziamenti per il contributo che aveva dato alla casa di ritiro e dal certificato di apprezzamento ma soprattutto dalle espressioni di gratitudine dei suoi pazienti.

Nubia, all'inizio, fu entusiasta di essere nella nuova casa, che considerava 'la mia casa di sogno' per trascorrere il resto della sua vita; ben presto però si sentì sopraffatta, non solo dalle innumerevoli scatole da svuotare, da un nuovo stile di vita da organizzare, dal lavoro duro per mettere in ordine le sue cose o per i nuovi servizi da ordinare ma dal fatto che si rese conto di essersi trasferita in un posto, il quale improvvisamente, le sembrò come un quartiere abitato da gente straniera in una città completamente nuova. Si sentiva a disagio di fronte alla realtà che avrebbe vissuto accanto a quelle persone per così lungo tempo, forse per il resto della sua vita. Lei non aveva niente in comune con loro e non aveva nessun interesse a condividere la sua esperienza con nessuno.

I suoi vicini di casa però, avevano opinioni opposte. Volevano sapere tutto di lei, da dove veniva, i suoi hobbies e interessi, cercavano l'opportunità di presentarsi. Alcuni la salutavano mentre passeggiavano il cane o jogging; altri più invadenti, per rompere il ghiaccio, bussavano alla sua porta per invitarla a una mostra, a un meeting del clubhouse o ad altri eventi.

Prima di trasferirsi nella nuova casa, Nubia navigò il google ed era a conoscenza dei posti di interesse nei paraggi, ma non avendo interessi nei teatri, sport o concerti, ignorò gli inviti dei vicini ad esplorare le cose divertenti da fare.

Nel passato, Nubia aveva vissuto in comunità dove aveva fatto amicizia con i vicini e aveva visitato con loro luoghi d'attrazione o di interesse nelle vicinanze, e, in altre, dove non aveva mai scambiato una parola con il vicino della porta accanto.

Si era sempre sentita più stabile nelle comunità dove aveva ignorato la gente intorno a lei. Avere un amico o semplicemente un conoscente vicino non aveva nessun valore per lei.

Come psicologa, Nubia era consapevole del fatto che gli esseri umani sono essenzialmente sociali, portati a vivere in comunità, tuttavia, non essendo possibile scegliere i vicini di casa, le probabilità di trovarne uno che invade la nostra vita privata sono tante, non importa se vivi in una città o un paese, in un appartamento o una casa.

Alcuni, per passare il tempo, diventano ficcanasi, altri, in buona fede, cercano di fare nuove amicizie. Nubia sapeva che il modo migliore e il più veloce per evitare possibili conflitti con i vicini era di ignorarli.

Lei ricordava sempre quell'uomo che viveva al piano di sopra, non solo era ficcanaso ma anche così cattivo da poter percepire la malizia nelle sue domande. Usava le informazioni che carpiva per diffondere pettegolezzi e false notizie nel quartiere.

Quando lei lo affrontò chiedendogli il perché, lui le rispose di farlo per avere uno scopo nella sua vita e per evitare di essere solo e annoiato.

Nubia, nel Fourth Mile, per evitare i vicini, annotò le ore del giorno quando erano più curiosi del solito, il chè, normalmente era durante il mattino presto e la sera prima del tramonto, per evitare d'incontrarli. Durante il jogging o il lavoro nel giardino, lei usava gli auriculari per ascoltare la musica e indossava un cappello con una visiera larga che le nascondeva gli occhi e metà del viso e faceva finta di non vedere o sentire nessuno.

Ignorando i vicini, le rendeva più facile mantenere il suo passato privato. Nubia non si vergognava della sua vita, 'ho fatto quello che dovevo fare' diceva a sè stessa. Aveva vissuto nella povertà, subito abusi fisici e sessuali, aveva conosciuto l'amore e la felicità, superato tragedie e tradimenti e lavorato duramente per contribuire al benessere della società, ma non voleva rivivere il suo passato, desiderava vivere nel presente e andare avanti nel futuro.

Tuttavia, in questa comunità, Nubia scoprì, era assolutamente impossibile essere lasciati da soli. I vicini di casa sembravano sinceramente interessati a fare amicizia. Nubia vedeva i loro sforzi sinceri ma non era pronta a stabilire un rapporto di amicizia. Voleva essere lasciata da sola. Cercava di non essere accessibile, guardando dall'altro lato quando la salutavano o faceva finta di non essere a casa quando qualcuno bussava alla porta o suonava il campanello.

Tuttavia, sottovalutò il potere del loro sorriso genuino che, anche se contro la sua volontà, illuminavano i suoi giorni così tanto che ben presto iniziò a restituire il sorriso e il rapporto progredì in modo naturale. I vicini, quando notavano il suo bisogno di aiuto con il giardino o con l'installazione della cassetta postale o della telecamera di sorveglianza, erano proattivi nell'offrirle consigli e supporto fisico e morale. I loro atti volontari di gentilezza vinsero la sua reticenza e le fecero apprezzare i nuovi amici.

Si rese conto, forse per la prima volta, che senza rivelare il suo passato, poteva essere sè stessa e condividere la vita meravigliosa della comunità.

Iniziò a farsi notare stando in fronte alla sua casa nelle ore di punta o a passeggiare nei posti dove era più probabile incontrare persone nuove. Rispondeva calorosamente ai loro saluti e gentilmente rispondeva alle loro domande e attaccava discorso parlando del tempo, del traffico o dei risultati dell'utima gara sportiva. Riuscì a farsi delle amicizie stabile senza rivelare segreti del passato o del presente.

I vicini di casa presto apprezzarono la possibilità di parlarle e furono felici di indicarle o invitarla alle attività della vita locale, come i posti migliori per mangiare tacos o i migliori negozi di generi alimentari, teatri e concerti e altri posti di attrazione nelle vicinanze.

Il diario

7 giugno 1964--

Il mio cuore è alla ricerca della felicità, ma la felicità è la stessa cosa che il piacere?

Sono confusa — - - - - - i n L. A.

— - - - - - - - - - - - - - - - - - -

ero felice per un momento o due, poi tutto cambia come se inseguissi un'ombra.

Voglio sapere chi sono, cosa devo fare e cosa

e cosa è qui per me.

————————————

- - - -

L'—— no... non era una bomba atomica. Sentivo scricchiolare tutto intorno mentre la terra si accartocciava sotto la casa. Il

mondo – – – – – – s – – –
finisce

——————— il mio letto come una barca, dondolava avanti e indietro. Qualcuno, non ricordo chi, mi afferrò e tutti corremmo fuori- la terra si rotolava come le onde del mare ... Ero molto giovane–– non capivo cosa succedeva.

'Ho sentito le trombe del Signore!'

Una vecchia signora gridava, La polvere e il fumo faceva assomigliare a una zona di guerra tutti

in giro –– cenere e macerie tutt'intorno. Chiamai la mia mamma   il mio papà   ma nessuno mi   rispose. Dormimmo all'aperto nel

retro ———— per diverse notti

––il labirinto delle stelle che riempivano

il cielo nero   diventò   il mio unico amico.

A Bak———— alla deriva, ogni sera mi assopivo ————————————

————

Suor Rina era cattiva, nonostante

la mia paura dell'acqua, durante il bagno, mi spingeva la testa sotto l'acqua.

Quando spiavo attraverso una finestra sbarrata nel piano di sotto, mi tirava i capelli per allontanarmi dalla finestra e mi colpiva la testa con il flauto, l'unico giocattolo che avevo nella mano. Suor Rina Mi odiava .

—76

Sono piena d'orgoglio, convinta di avere il diritto di essere felice e di avere tutto quello che voglio —— Senza tener conto delle persone intorno a me, e senza considerare cosa è giusto o sbagliato. Il piacere è il bene supremo, faccio qualsiasi cosa che mi soddisfa.

—— fremente dalla realtà sfaccettata della mia vita mi innamorai dell' occhialuto braggadocio —— 18 t S t r e e t

Agii e feci cose sotto la convinzione falsa e infantile che la libertà fosse il diritto di fare qualunque cosa, quando e come volevo. Quello che importava era la mia espressione disinteressata e ignorando i valori altrui.

Finii con il risultato che l'individualismo, una filosofia che ha permeato l'intera umanità e governa ogni aspetto della vita. Come un cancro soffocò la mia relazione con gli amici — e la mia filosofia sulla vita non mi portò che alla schiavitù mentale portandomi alla disperazione —— lo uccisero ————

il mio Miguel R—— la mia vita ——.

————————————

————

15 settembre 1979

Per anni — concentrata nello sprecare le mie energie, tempo e sforzi per scoprire il modo più facile di studiare, di conseguire la laurea, lo sforzo minimo per mantenere il mio lavoro, o il

rapporto con gli altri.

La filosofia dell' individualismo, edonismo o minimalismo che attraverso i film, la musica, la letteratura, la moda, la politica del governo e l'istruzione infiltrò con forza ma con precisione acuta e penetrante la mia mente infettando ogni aspetto della mia vita con la mediocrità. Il modo in cui stavo vivendo era, in realtà la strada verso la distruzione del mio corpo, mente, cuore e anima ——————————

Michelle e Jane, con tanto rammarico, non riuscirono a leggere il diario per intero. Le pagine, alcune bruciate completamente, altre solo parzialmente e le molte parole mancanti o illeggibili resero impossibile capire l'intero significato del diario.

"Non si può scoprire granchè del passato di Nubia da quello che è rimasto del suo diario" Michelle ammise.

"Anch'io devo ammettere che è difficile, ma non impossibile, abbiamo solo bisogno un po' più di buona volontà".

"Forse hai ragione, ma non ho idea da dove cominciare".

"Michelle, ti prego di non rinunciare alla nostra investigazione, dobbiamo cominciare dall'inizio".

"Lo so. Ma qual'è l'inizio?".

"Ma ti rendi conto che questa investigazione è la nostra possibilità di mostrare a tutti che noi siamo ancora capaci di scoprire i misteri più segreti, e questa volta, non abbiamo tempi ristretti o boss noiosi".

"Mi hai convinta, dai rimettiamoci al lavoro".

Sperando di ottenere alcune informazioni da Nubia, le due amiche le fecero visita in ospedale.

Nubia stava sonnecchiando, i suoi occhi apparivano gonfi, le guance rosacee, la pelle screpolata sulla fronte e le mani adagiate lungo i fianchi. Quando si avvicinarono, Nubia aprì gli occhi, ma il suo sguardo sembrava disperdersi nel nulla.

"Ciao Nubia, come stai?" Michelle le chiese.

Nubia non rispose, continuava a guardare la parete al di sopra delle visitatrici.

"Siamo noi, le tue vicine di casa" Michelle disse toccandole la spalla e carezzandole la testa.

"Lo so" Nubia, infine, rispose.

"Sai chi siamo? Ti ricordi i nostri nomi?" Michelle chiese, sperando che Nubia fosse ancora in grado di ricordare.

"Perché mi chiedete i vostri nomi? Voi lo sapete dannatamente bene chi siete, non è vero?" Disse e chiuse gli occhi.

"Sei comoda qui? I medici e gli infermieri ti trattano bene?" Jane provò a chiederle.

"Perché me lo chiedi? Voi ..." Nubia urlò e tentò di scagliarsi contro di loro gridando maledizioni e insulti, poi gettò loro il bicchiere d'acqua che si trovava sul comodino e la scatola di cioccolatini che Jane le aveva portato. Le due amiche, uscirono in fretta dalla stanza, mentre un paio di infermieri del reparto corsero per calmare Nubia.

Michele e Jane profondamente addolorate, si fermarono nel corridoio, indecise se andare a casa, il che sembrava come voler 'abbandonare' la loro amica o rimanere, il che sarebbe stato inutile, Nubia, forse aveva perduto completamente la memoria.

"Non è colpa vostra" la signora Ruby, la capo infermiera, spiegò loro, dopo che si furono sedute nel suo ufficio. "Nessuno sa con precisione perché, le persone con demenza reagiscono in quel modo, si pensa che potrebbe essere un sintomo della fase avanzata del morbo di Alzheimer".

"Forse è stato il nostro comportamento a provocare la sua reazione?" Michelle le chiese.

"No, il morbo di Alzheimer causa l'aggressione senza un motivo preciso" la signora Ruby, un'esperta della malattia, spiegò loro. "Vi assicuro che il vostro comportamento non ha scatenato la sua reazione, piuttosto la sua mente confusa e frustrata".

"Mi dispiace profondamente" Jane, cercando di nascondere la sue lacrime, disse dopo che entrambe si alzarono.

"La reazione di Nubia non è stata altro che un sintomo della sua malattia" la signora Ruby le rassicurò ancora una volta prima di congedarle.

Sulla via d'uscita, Michelle e Jane si scambiarono alcune domande che attanagliavano le loro menti.

"Ma perché vogliamo scoprire il suo passato?".

"Potrebbe la conoscenza del suo passato essere utile per lei? Per noi? O per qualcun altro?".

Michelle e Jane ritornarono a casa al Fourth Mile svuotate dall'entusiasmo della mattina.

La mente

Il giorno successivo, verso le 9 del mattino, Michelle, ancora in vestaglia, si sedette sul divano e guardò fuori dalla finestra, stava piovendo a dirotto, il colore della casa bruciata di Nubia sembrava la continuazione del cielo nuvoloso.

Il posto dell'incendio non emanava più il fumo dei giorni passati, ma l'odore di bruciato affliggeva ancora il quartiere.

Michelle era triste per la perdita della sua amica, aveva nostalgia delle loro conversazioni, soprattutto quelle che scambiavano un paio di anni fa, prima che il morbo di Alzheimer depredasse la sua mente.

Michelle incapace di pensare a qualcosa che la potesse motivare ad uscire di casa, si preparò una tazza di caffè, tornò sul divano a sorseggiarlo.

Si ricordò delle preoccupazioni di Nubia quando si rendeva conto di aver dimenticato cose importanti da fare.

'Noi, membri del Clubhouse, l'assicuravamo che dimenticare era comune per gli anziani.della nostra età, abbiamo dei 'Senior moments' dicevamo'.

Secondo alcune statistiche, la prevalenza globale della demenza negli anziani di età compresa tra i 60 e più sia tra il cinque e il sette per cento. Il numero aumenta fino al cinquanta per cento all'età di 85. Nonostante le difficoltà di memoria, gli anziani, specialmente quelli in buona salute, pensano di essere più saggi delle generazioni più giovani. Per loro la sapienza sostituisce l'invecchiamento irreversibile del corpo. Non era sorprendente se i membri del Clubhouse nella sessantina e settantina si sentivano maestri nel spiegare le ragioni dei 'senior moments':

- Anche se associato con la vecchiaia, il dimenticare è comune a tutti, a qualsiasi età, ma a 20 anni non ci si pensa due volte.

- Non preoccuparti di dimenticare in quanto è solo un tentativo della mente per dimenticare i ricordi che ci tormentano da anni.

- L'incapacità di ricordare è un mezzo per combattere o annullare la persistenza dei ricordi di eventi traumatici, sentimenti negativi o paure del presente.

Inoltre, alcuni membri spiegavano le varie teorie della memoria fallace:

- La teoria del decadimento: che suona simile al detto familiare 'se non la usi, la perdi'.

-La teoria dell'interferenza: quando un'informazione o un evento è simile a quelli precedentemente memorizzati, causa interferenze e confusione, rendendo difficile ricordare se la cosa è successo nel passato o nel presente.

Altri suggerivano modi per ridurre al minimo il 'pasticcio-mentale':

- l'apprendimento di cose nuove: provare nuove esperienze che diminuiscano la concorrenza con i vecchi dati.

- Prendere vitamine per la salute del cervello come il Prevagen.

- Usare la tecnologia moderna come l'acquisto di 'Alexa'.

Tuttavia, i loro consigli, suggerimenti e teorie non salvarono Nubia dalla morte mentale.

Nubia accettava i consigli dei suoi coetanei e li ringraziava per il tempo che dedicavano nell'aiutarla. Ogni giorno Nubia sperava di migliorare, voleva credere che il suo dimenticare fosse solo temporaneo e fortuito, nello stesso tempo però, sapeva che nessuno avrebbe potuto fermare il sottile nemico che stava depredando la sua mente.

Sentiva compassione per sè stessa, in colpa e piena di vergogna. Tentava di accettare, nascondere e fuggire, ma non importava cosa faceva finiva per dimenticare di sertirsi in colpa, cosa stava accettando, dove nascondersi e da dove fuggire.

Michelle era tormentata, non dalla pioggia che torreggiava o dalla casa bruciata, ma dall'idea che aveva perduto Nubia, 'lei non è morta, ma la sua mente lo è'. Si ricordò dell'angoscia di Nubia nell'ammettere di aver dimenticato, e la sua impotenza di non essere capace di alleviare il dolore o di riportarla alla realtà.

Michelle riprese il diario lasciato sul tavolino il giorno prima e rilesse alcune pagine

Ma mi sento confusa e piena di sentimenti misti, alcuni eventi presenti mi portano nel passato, e alcuni eventi del passato saltano nel presente.

'Alexa' mi aiuta molto, ma dimentico di

chiederle di ricordarmi quello che devo fare

———— le vitamine per rafforzare la memoria una presa in giro e comprarle è come buttare i soldi al vento.

Non ci sono prove scientifiche che convalidino che tale vitamine, possano prevenire, rallentare, invertire e tanto meno arrestare il declino cognitivo o demenza,   come il morbo di Alzheimer, è un enorme spreco di

soldi ———————— ma sai perché la gente come me, compra le vitamine per il cervello?

Perchè sono dementi haha. Voglio risparmiare i miei soldi e vivere un stile di vita sano, se solo mi ricordassi come vivere.

————

Michelle continuò a leggere il diario di Nubia. Alcuni paragrafi erano ben scritti, altri non avevano nessun senso, lei non riusciva a sopportare l'angoscia che la lettura le infliggeva. Stava rimettendo il diario sul tavolino ma l'ultima pagina attirò la sua attenzione.

'23 settembre 2017,
Grazie, Alexa, sei un— un'amica fedele, mi hai ricordato di scrivere

————————————————

————

L'autunno è tornato. Gli alberi, con I colori sgargianti di oro, porpora, ambra e marrone sembrano abiti, sembrano vestiti ——i costumi migliori di halloween. Ma le foglie anche se nel loro colore più, hanno perso l'energia che le teneva attaccate ai loro padroni per mesi.

Ora è il momento di staccarsi dai quegli alberi, e

arrendersi alla capricciosa volontà del vento, volano in alto nel cielo per poi

cadere a terra per essere calpestate nei viottoli del quartiere.

————————————

————————————lascio i valori in cui ho creduto — l

sarò come il gran finale della mia vita che già appartiene al passato. Sarà come la pioggia di queste foglie colorate

Nel dire addio al——a una—— parte di me stessa.

le giornate stanno diventando brevi e più fredde, vorrei

poter ritardare la brina— voglio conservare un paio di queste foglie multicolorate per ricordare l'Autunno,

,forse, l'ultimo della mia vita———

Michelle chiuse il diario e sorseggiò l'ultima goccia del caffè; le lacrime le bagnarono le guance ma non si curò di asciugarle.

"... 80% la possibilità di pioggia questa mattina ... e 20% ... questo pomeriggio ..." la TV annunciò,. Michelle la spense, 'no jogging questa mattina' decise, guardò ancora una volta fuori dalla finestra le rovine della casa di fronte, si asciugò le lacrime, e si soffiò il naso. 'Potrei fare una doccia, e poi andare fuori per pranzo'.

La separazione

Era da una settimana che Jane non si faceva sentire 'deve esserle successo qualcosa' Michelle pensò e decise di chiamarla per invitarla a pranzo.

"Finalmente ci sono riuscita" Jane disse dopo che si erano sedute a tavola nel loro ristorante preferito, e ordinato il pranzo.

"A fare cosa?".

"A lasciarlo".

"Nooo! davvero?".

"Sì, davvero".

La rottura con Charles era stata difficile per Jane. Ci aveva provato una volta tempo addietro, ma Charles la convinse a cambiare idea. Jane sperò che l'amore, una volta così ardente, si riaccendesse ma dopo un anno, dovette ammettere che non l'amava più e decise di rompere la relazione.

"Come l'ha presa?" Michelle chiese.

"Male, vedi l'altra volta gli spiegai tutti i motivi per cui volevo separarmi da lui in modo chiaro e conciso ma lui li scartò l'uno dopo l'altro. Questa volta, gli ho inviato un text dicendogli che la relazione era finita e di continuare per la sua strada".

"Ti ha risposto?".

"Oh sì, un paio di volte" Jane le porse il telefono e disse: "Ecco qua, leggi".

> Sembra che tu non mi perdoni. Mi sento abbandonato e ferito. Ho provato a chiamarti, ma non mi rispondi. Mi dispiace tanto e non riesco a capire. Ti prego di chiarire se non vuoi più stare con me e aiutami a capire che cosa intendi col 'continua la tua strada?' Due persone possono continuare la strada insieme, o continuare in direzioni opposte per mai più vedersi. Mi sento stupido e non voglio annoiarti all'infinito, a meno che tu mi vuoi indietro.

Ti prego di chiarire (Insieme o separati), così posso guarire dalla tristezza<

>Col 'continuare la tua strada' intendevo dire di continuare in direzione opposte, ti prego di lasciarmi in pace.<

>Scusa se ho fallito. Goditi la vita. Io sono emozionalmente distrutto senza più sensazioni. E' tempo per me di rinunciare a te. Spero però che tu abbia qualche buon ricordo di me. Io conserverò bei ricordi di noi e cercherò di migliorare i miei difetti. So che tu sai esprimere idee ed emozioni molto meglio di

me, ma questa volta hai deciso di non spiegare nulla. Quindi è chiaro che desideri sbarazzarti di me.

Vorrei farti tante domande, ma non importa, suppongo che volevi buttarmi nell'immodizia.

Da tempo mi son sentito rigettato, le chiamate diventavano sempre più brevi, e le scuse per non vedermi più numerose, i tuoi amici e i tuoi impegni erano più importanti.

Mi sentivo male quando andavi fuori con gli altri ma non con me. Mi sono sentito odiato e probabilmente ti ho trattata nello stesso modo ed ora mi sento come un pezzo di immondezza gettato in un cestino. Scusami per questo messaggio, ma adesso ho finito, cercherò di iniziare la ricerca di qualcuna che abbia un vero sentimento per me. Addio<

"Wow, povero Charles!" Michelle commentò. "Sembra deciso ad andare avanti per la sua strada, ma dimmi i motivi veri per separarti da lui".

Jane non riusciva a mettere a punto l'esatto motivo, ma uno di loro era che lei era stanca di essere soggetta al suo frequente desiderio sessuale. A lei piaceva il sesso, ma doveva averlo quando ne aveva voglia o sembrava appropriato. Charles, invece essendo molto più giovane di lei, basava il loro rapporto moltissimo sull'attività sessuale.

Jane, considerava il sesso essenziale al benessere fisico, al piacere, ed era un argomento attuale e pieno d'interesse durante il pranzo con le amiche, ma era contenta di aver posto fine alla sua relazione anche se il dubbio di non avere mai più il sesso sulla sua agenda la rattristava.

"So che le persone della mia età che danno importanza al sesso rimangono in buona salute e attivi più a lungo".

Jane sapeva come gli esperti spiegavano l'importanza del sesso: aumenta il metabolismo, rafforza il sistema immunitario, riduce gli attacchi di cuore, ma soprattutto è divertente.

"So che sono rimasta sola, il che non è bene per la salute" Jane ammise, "ma, mi sento a mio agio non averlo più nella mia vita".

"Beh, potresti trovare un altro uomo con il quale godere di nuovo l'attività sessuale".

"Il sesso mi manca, ma è tempo di ritornare ai miei amici e per il momento credo di non aver bisogno di un uomo per divertirmi".

Jane aveva sempre amato i suoi amici, essi influenzavano positivamente il suo benessere psicologico, l'esprimersi senza timori di offendere nessuno, il condividere interessi simili e il divertirsi nel tempo libero. Ma innanzi tutto, come il suo medico le consigliava, l'essere attivi e socialmente connessi protegge, soprattutto nell'età avanzata, dalla demenza come il morbo di Alzheimer.

Da quando incontrò Charles, tre anni prima, Jane aveva trascurato i suoi amici per trascorrere il tempo con lui. All'inizio della relazione era bello andare insieme al cinema, discoteche, ristoranti o semplici scampagnate. Con il tempo però, Charles, che non era ancora in pensione, lavorava nella sua azienda e aveva poco tempo per lei, aveva interessi ed esigenze diverse dalle sue. La relazione diventò così placida che Jane si sentì in trappola e alienata dai suoi amici. La separazione la fece sentire libera e di nuovo socievole.

"Dopo la rottura ti ha più chiamata o text di nuovo?" Michelle, dopo aver mangiato la portata principale e in attesa del dolce, indagò.

"Sì, l'ha fatto, sembra che abbia difficoltà a rassegnarsi. In un primo momento, sembrava che avesse accettato, mi aveva anche detto di godermi la vita, perchè lui avrebbe trovato un'altra migliore di me, ma poi sembra che abbia cambiato idea" Jane confidò all'amica mostrandole l'ultimo text di Charles.

>Posso chiamarti al telefono? Io non sono arrabbiato con te. Sto cercando di andare avanti. Ti penso sempre<

>Ti prego di dimenticarmi, Grazie<

>Vuoi dire che non possiamo nemmeno essere più amici o parlarci?<

>esatto<

>Va bene. Lo so che non sono perfetto. Mi domando però se sei mai stata sincera con me. Credo che da tempo stavi architettando di lasciarmi. Avrei voluto che mi avessi detto qualcosa prima, ma farò come tu desideri. Mi fa soffrire il fatto che mi tagli completamente fuori dalla tua vita.

Lo so che non te ne importa e probabilmente non lo hai mai fatto. Mi hai fatto morire.<

"Ecco perché non voglio parlare con lui, non voglio essere intrappolata in una conversazione 'super filosofica' che non realizza niente e non porta a nessuna conclusione".

Il matrimonio

Da quando Marylin, la residente più conosciuta al Fourth Mile, annunciò il suo matrimonio, l'entusiasmo nel quartiere esplose, le donne del clubhouse si riunirono per organizzare la festa.

Dato che gli sposi non avevano famigliari che potessero partecipare al matrimonio, gli amici e i vicini di casa li avrebbero festeggiati.

Le donne, dopo alcuni meetings decisero di dividersi i compiti: Rose doveva decorare il chiosco centrale; Rachele, Maria, e Aida avrebbero dovuto preparare il cocktail e hors d'oeuvre. Il marito di Rachel e il suo amico Mike avrebbero provveduto la musica, Nubia la torta nuziale, Teresa ... e l'elenco continuò fino a che ogni dettaglio della cerimonia fu ben programmato.

La data del matrimonio di Marylin e Rob era prossima, le donne del clubhouse si riunirono ancora una volta per mettere a punto i dettagli della celebrazione. Tutti avevano lavorato sodo per rendere il matrimonio uno dei più memorabili della comunità.

Il giorno tanto atteso si svolgeva come previsto, la coppia nei loro abbigliamenti 'nuziali' camminarono lungo il vialetto decorato con fiori variopinti, il ministro officiò il matrimonio alla presenza della maggior parte dei residenti del Fourth Mile.

Dopo la breve ma commovente cerimonia, tutti si diressero verso il padiglione decorato con bellissimi fiori per un semplice ricevimento costituito da una serie di antipasti deliziosi e della torta nuziale.

Ma quando tutti entrarono nell'area del ricevimento, le donne del clubhouse rimasero confuse e costernate, la torta nuziale non era al centro del tavolo come programmato e Nubia era introvabile.

"Avrà dimenticato il matrimonio!" Rose disse.

"Ma Come si fa a dimenticare una cosa così importante?" Rachel chiese con sarcasmo.

"L'ha fatto apposta!".

"E' proprio scimunita".

I commenti di incredulità rovinarono la gioia del momento.

"Vado a prendere la torta che ho preparato per il compleanno di mia nipote che arriva domani" Rose propose.

Salvarono così la festa, ma tutti decisero di allontanare Nubia dal club.

Il mattino successivo, Nubia appena alzata chiese: "Alexa, dove ho messo il mio telefono?".

'Nel frigorifero' Alexa rispose.

Nubia dopo aver recuperato il suo telefono, provò ad effettuare una chiamata, 'dannazione non funziona' urlò e sbattè il telefono contro il muro, uscì fuori, attraversò la strada e bussò alla porta di Michelle.

"Che cosa vuoi?" Michelle le chiese con un tono di voce così ostile da disarmare la persona più sfrontata del mondo.

"Posso usare il tuo telefono?" Nubia, dopo l'iniziale shock per il modo in cui Michelle, la sua migliore amica, le parlava, rispose.

"Per cosa?" Fece una pausa: "che scusa hai questa volta?".

"Il mio telefono non funziona, e devo ordinare la torta per la sposa".

"Ha-Ha, ma che stronza, il matrimonio è stato ieri, e tu puoi ficcarti la torta nel ..." Michelle, con un tono beffardo, le disse e le sbattè la porta in faccia.

Nubia, offesa dal comportamento insolito della sua amica, rimase confusa e ritornò sui suoi passi. La mente come colpito da un fulmine si transformò in una torcia in fiamme, poi come un raggio di sole, ricordò che il matrimonio di Marylin era stato il giorno prima, sentì la vergogna pesante come l'universo infrangersi sulle sue spalle.

Aprì la porta di casa, sbattendola due volte, 'sto diventando pazza' urlò nel salotto vuoto, si lasciò cadere in una poltrona, non riusciva a perdonarsi, e sentiva che tutti l'avrebbero evitata, 'no, non possono farlo!' Urlò più volte nel silenzio della casa, poi con le braccia incrociate sul petto, si calmò.

Le donne del clubhouse non potevano fidarsi più di Nubia e nelle settimane successive nessuno cercò di mettersi in contatto con lei e Nubia troppo vergognosa, non partecipò più alle attività del club.

Col tempo, nessuno nella comunità sembrava ricordarsi più di Nubia, fino al giorno dell'incendio.

"Anche se mi sentivo triste per lei, non la visitai" Jane ricordò.

"Io, al contrario, andai a trovarla" disse Michelle.

Nubia non si sedeva più sulla veranda come era solito fare prima del tramonto. Il giardino di fronte alla sua casa, una volta con tanti fiori che tutti nella comunità ammiravano con invidia, si seccarono.

"Andai a trovarla, volevo sapere come stava. Ero convinta che avesse un problema di cui era ignara".

Michelle, dopo aver bussato un paio di volte, aprì la porta rimasta socchiusa ed entrò. Nubia, in piedi nella cucina con un quaderno stretto al suo petto, fissava un punto invisibile sul muro. Indossava un abito lungo nero e sporco, i capelli scapigliati le cadevano giù sulle spalle e sul viso.

"Nubia mi chiese chi diavolo fossi e che cavolo volessi, mi apparse come sperduta e malinconica".

La casa era in disordine, il soggiorno, pulito e profumato di pochi mesi prima, sembrava rovistata da una tempesta tropicale. I vetri delle finestre, una volta di cristallo chiaro, apparivano affumicati e le tendine parzialmente stracciate, e il bancone della cucina, una volta pulito come uno specchio, era coperto di pentole e padelle sporche e in alcuni punti si poteva vedere un sottile strato di muffa biancastra.

"Sembrava che non avesse lavato le stoviglie dall'anno prima, e il frigorifero vuoto era aperto, l'acqua che gocciolava dal freezer aveva formato una piccola pozzanghera sul pavimento" Michelle raccontò.

Nubia, durante il suo isolamento, aveva iniziato ma mai finito una mezza dozzina di progetti, la scatola degli arnesi sul tavolo, aperto e coperto da un groviglio di nastri, bobine e una massa di fili di colori diversi. La scrivania antica, di cui Nubia era molto orgogliosa, coperta di polvere, i cassetti aperti pieni di carte e bollette da pagare datate un paio di mesi prima, spazzolini da denti e tubi di dentifricio in mezzo a una dozzina di fogli con scene drammatiche che aveva disegnato, libri, riviste e nastri di raso.

"In un angolo della sua camera da letto, c'era una pila di scatoloni pieni di vestiti e libri. Tutto era più o meno fatiscente" Michelle continuava a confidare all'amica: "Tutti pensavamo che Nubia avesse dimenticato di ordinare la torta del matrimonio per invidia".

"Si abbiamo sbagliato a pensarlo, non ci siamo mai chiesto perché lei, che nel passato era sempre stata attenta ai bisogni di tutti, avesse dimenticato qualcosa cosi importante come il matrimonio di Marylin".

"Lei dimenticò solo perché non era in grado di ricordare".

"Allora, cosa facesti?".

"Non riuscii a fare nulla, perchè Nubia andò in collera così tanto che mi spaventai abbastanza da scappare via".

La diagnosi di Nubia

Questa volta, non credo di avere una buona scusa per i miei amici che si sono fidati di me, li ho traditi, come posso essere perdonata?

Quando ho saltato la lezione di danza che avevo pagato un paio di giorni prima, chiesi scusa al mio amico e partner Jack, così feci col ministro, quando dimenticai le prove di coro per

La festa della comunità, i miei amici accettarono le mie scuse, e molti di loro, soprattutto i più anziani mi hanno assicurato che e' normale dimenticare, 'Il dimenticare' mi dissero: 'può essere un motivo inconsapevole, di sopprimere ricordi dolorosi, ma ciò non significa che si stia perdendo la memoria. Forse hai solo bisogno di calmarti e scrivere le cose che desideri ricordare'.

Il problema è, che è difficile, se non impossibile, sapere quali sono i ricordi soppressi e quelli dimenticati_ _ _ _ _ _ Ma cosa sto scrivendo?

Nubia chiuse il suo diario; non era in grado di continuare. Per settimane, la vergogna e confusione, non le permise di uscire di casa per partecipare alle riunioni o giochi. Sentiva come se ogni residente le puntasse il dito indice. Nemmeno le scuse più sincere avrebbero potuto ripristinare la loro fiducia.

Scusarsi davanti a tutti, riconoscere che aveva procurato loro un grande disagio dimenticandosi un evento così importante, le apparve inutile, la sua dimenticanza non poteva essere perdonata. Nubia sentiva come se il passato fosse tornato a tormentarla di nuovo.

Quando Michelle suonò il campanello, Nubia esitò ad aprire la porta, non riusciva a perdonarsi di aver tradito i suoi amici. Ma Michelle suonò di nuovo, e decise d'invitarla ad entrare.

"Il motivo per cui hai dimenticato potrebbe essere che non potevi ricordare, forse a causa di una distrazione mentale, emotivo o ad un problema di salute" Michelle le disse dopo che Nubia si profuse in mille scuse.

"Pensi che io sia malata? Pensi che stia perdendo la mia mente?".

"Non lo so" Michelle le rispose: "quando siamo presi da tanti problemi, a volte, la mente non riesce a contenere tutti le nozioni o gli avvvenimenti della giornata, quindi diventa impossibile ricordarci dei dettagli".

"Ma io non avrei dovuto dimenticare una cosa così importante" Nubia, ancora una volta, si scusò. "Non dovevo dimenticare, sono una psicologa, ho aiutato centinaia di pazienti, ora non so cosa fare per aiutare me stessa".

"Dovresti cercare aiuto; nessuno può aiutarti contro la tua volontà, sei tu che devi decidere, uscire da questa casa e cercare aiuto".

"Lo so che ho bisogno di vedere un medico, di fare esami fisici e analisi di laboratorio, ma ho paura di dimenticare gli appuntamenti o peggio, perdermi sulla via dei loro uffici".

Michelle si offrì di coordinare gli appuntamenti con i dottori per lei. In base al tipo di assicurazione di Nubia scelse e prese un appuntamento con un medico generico, il quale dopo un accurato esame fisico, non trovò alcun segno o sintomo che suggerisse una patologia.

"La memoria è composta di due parti, una a breve e l'altra a lungo termine. Nella memoria a breve termine c'è poco spazio per tutte le informazioni che intendiamo memorizzare. Così, parte delle nuove informazioni, a seconda della loro importanza, possono o meno essere copiati nella memoria a lungo termine.

Durante il sonno, le connessioni neurali nel cervello rivedono ed elaborano i ricordi, i quali, a volte, per mantenere un pò di spazio nella memoria a breve termine, cancellano completamente dei ricordi che magari vorresti conservare" il medico spiegò in termini semplice, a Nubia e a Michelle, "vi riferisco a un specialista che eseguirà testi e analisi appropriati per una diagnosi più accurata".

Michelle fece un appuntamento per Nubia con il neurologo raccomandato dal medico per il mese successivo.

Nubia fu sottomessa a una serie di testi mentali come il 'Mini-Mental' esame e analisi di laboratorio, la tomografia computerizzata (TC), la risonanza magnetica (MRI) e il PET scan.

Le MRI mostrarono un forte restringimento della massa del cervello, le analisi del sangue e delle urine rivelarono segni della proteina amiloide e la tomografia ad emissione di Positroni (PET) una funzione anomala del cervello.

"Anche se non esiste un singolo test diagnostico in grado di determinare la condizione mentale, gli esami che abbiamo fatto altamente suggeriscono una diagnosi del morbo di Alzheimer" il Neurologo informò Nubia e Michelle durante la visita successiva.

Nubia, al suono della sua diagnosi, ebbe sentimenti misti; provò sollievo nel constatare che il suo comportamento non era colpa sua, le sue dimenticanze non erano dovute al menefreghismo come molti insinuavano ma a una condizione fisica. Ma fu assalita dalla tristezza e dal dolore, sapendo che in pochi anni o mesi sarebbe diventata dipendente in tutto ciò che contava per lei.

Ora che so che il mio cervello sta diventando un nulla, solo cestino di amiloide————————— — —

Ho pietà di me stessa per essere smemorata.

——— ricordo per un attimo, inizio a fare un qualcosa e poi dimentico come e dove ho cominciato.

Penso che dimenticare non è qualcosa che possa evitare, non importa le ragioni, l'essenza del mio essere muore lentamente giorno dopo giorno mentre il mio corpo che riusciva ad eliminare i frammenti dell'Amiloide diventa stanco e fragile e le placche insolubile si accumulano nel mio cervello—

Sì, ho studiato ———

————la proteina Tau è anormale ...
e le cellule affamate si restringono
sempre più ————————

e i ventricoli, si allargano
————————

Le cellule nell'ippocampo
degenerano e la memoria a breve
termine declina————————

Il sonno potrebbe ristabilire la
mia memoria ma non ho molto tempo
per dormire. Il morbo, come migliaia di
termite, sta

invadendo t————————perdere la
capacità di eseguire compiti
semplici come scrivere

e parlare——————————il giudizio
peggiora, i mie scatti di rabbia cercano
invano di sostituirlo.

Non sono ancora caduta nel più
basso di me stessa, ma manca poco, il
morbo di Alzheimer sta uccidendo le
mie cellule rapidamente, presto sarò
confinata in una casa di cura ————

———————— e in pochi anni o mesi, la
distruzione sarà

completa————————non sarò più in grado di

parlare, di mangiare, le persone intorno a me, non avranno più un viso o un nome, non potrò più controllare le mie funzioni corporali.

Sarò inesistente prima di arrendermi alla morte.

I racconti dei vicini di casa

Michelle e Jane da quando si furono trasferite al Fourth Mile avvicinavano i vicini di casa per scoprire i loro segreti.

"Lo facciamo" spiegavano a chi chiedeva loro perché erano così ficcanase: "per mantenere la nostra abilità di investigatori e di riempire le nostre vite di sfide e suspense".

"Vedi, ognuno qui ha una lunga storia, alcuni hanno vissuto esperienze orribili, altri meno tragiche, ma io e te siamo così brave a scoprirle tutte".

Le due amiche erano orgogliose delle loro indagini private, e godevano nel raccontarle a vicenda soprattutto durante il pranzo, sedute nel loro ristorante preferito.

"La signora De Bois, stanca degli abusi, insulti e percosse del marito ordinò ai figli di 12 e 13 anni di spararlo.

I due ragazzi desiderosi di salvare la mamma, spararono il papà con il fucile Red Ryder BB che lui aveva comprato loro durante la festa patronale. Il papà, cercando di sfuggire alle pallottole, cadde giù per la scalinata, si ferì alla fronte, e si ruppe la gamba sinistra.

'Sono fiera di voi!' La signora De Bois elogiò i due figli. Alcuni vicini di casa chiamarono la polizia, altri l'ambulanza. I paramedici trasportarono il papà all'ospedale e la polizia portarono in custodia la mamma e i due ragazzi.

Dopo il mandato di comparizione, il giudice li rilasciò. Il signor De Bois, invece, dimesso dall'ospedale, fu incarcerato.

Il giudice, durante il processo del loro caso, ebbe molta difficoltà ad amministrare la giustizia.

Il padre accusato di violenza domestica, la mamma di reato tentato omicidio, e i ragazzini accusati di aggressione.

Il signor De Bois si dichiarò colpevole di abuso maritale; sua moglie dichiarò di aver agito in legittima difesa e i ragazzi riportarono di aver agito in difesa della loro mamma.

Dopo un lungo dibattito, il giudice rilasciò tutti in libertà vigilata.

La signora De Bois divorziò il marito e vinse la custodia dei due ragazzi".

"Che mi dici del Signor Terrell?" Michelle cheese dopo aver esaurito il suo racconto.

Il vecchio signore di 88 anni viveva due blocchi lontano da Jane. Dopo essersi trasferimento nella comunità, rimase a lungo isolato nella sua casa, si vergognava del suo passato, come più tardi confidò.

Jane bussò alla sua porta e con la sua tattica 'investigativa' scoprì il suo passato.

"A dir la verità fu un compito facile, il pover'uomo, credo, fosse ansioso di confessare la sua storia a qualcuno" Jane confidò alla sua amica.

"La moglie, Anne, lo aveva abusato da anni, non solo emotivamente, economicamente, ma anche fisicamente.

Si separarono e pochi mesi dopo divorziarono.

Dopo un lungo periodo di tempo, Anne ritornò da lui giurando che era cambiata e lo convinse a riprenderla.

'Sebbene lei fosse cattiva, io l'amavo ancora e se ci credi o meno, i suoi abusi mi mancavano perchè lei sapeva come rimediare, mi faceva sentire bene e apprezzato' Mr. Terrell mi disse.

Purtroppo, Anne non era cambiata per niente, quella stessa sera, il signor Terrell ritornando dal lavoro la trovò nel suo letto con un altro uomo, entrambi ubriachi come puzzole. Li buttò fuori a pedate. Anne tornò il giorno dopo e gli diede una lezione che non dimenticò facilmente. Il pover'uomo trascorse un paio di mesi per rimettersi dal suo infortunio, Anne però finì in prigione, dove morì di overdose".

"Da dove prese la droga?".

"Chi lo sa? Il carcere è un luogo misterioso che, a volte, è difficile capire chi fa che cosa e chi ha detto chè".

Dopo pochi minuti, pensando 'alla sapienza' di Jane continuarono a condividere le loro indagini.

"Ti ricordi del Signor Jones?" Michelle chiese.

"Oh, Sì! Il veterano che morì l'estate scorsa".

"Scoprii il suo segreto che lo turbava così tanto. 'Ho ricevuto molte Medaglie d'Onore, che non merito.' Il signor Jones mi confidò. Sono sicura che le hai meritate, come soldato nella seconda guerra mondiale, hai contribuito alla libertà del nostro paese, gli dissi.

'Hai mai sentito parlare di alcune storie terribili là fuori, dei soldati che mutilavano il personale di servizio Giapponese e della raccolta dei trofei di guerra, come denti d'oro e teschi?' Il signor Jones, mi chiese. La guerra è sempre brutta e disumana, gli ricordai.

'Infatti, durante la guerra, l'unica cosa che riuscivo a pensare era come uccidere il nemico. Con l'odio che andava al di là della morte. Abbiamo combattuto una guerra in cui nessuno era al sicuro, nemmeno i morti, e sì, usavo il calcio del mio fucile per staccare i denti d'oro dai cadaveri dei Giapponesi che uccidevo per tenerli come trofei' mi raccontò molto pentito".

"Cosa ne è dei denti d'oro?" Jane chiese.

"Sua nipote, mi disse, che li ha venduti per pochi centesimi".

Le due amiche continuarono a raccontarsi i segreti sporchi dei loro vicini di casa che avevano scoperto. Non dimenticarono nemmeno i pettegolezzi divertenti.

"Sai come Sue convinse il fidanzato a sposarla?".

"Non ne ho idea".

"Sue e Dave convivevano da anni, e sembravano fatti l'uno per l'altra, Sue aspettava che Dave le chiedesse di sposarlo, purtroppo lui era gamofobico, 'la fobia del matrimonio' lo spaventava l'impegno vincolante di due persone, insieme, per la vita. Sue, determinata a vincere la sua paura irrazionale, minacciò di lasciarlo. Un giorno, prese due valigie, le riempì a metà e le lasciò aperte sul letto, non appena Dave entrava, pretese di continuare a riempirle.

'Cosa stai facendo?' Dave, quasi paralizzato dalla paura, le chiese.

'Beh, sembra che non mi vuoi sposare, per cui ho deciso di andare in cerca di qualcuno altro' rispose e chiuse la prima valigia.

'No, no, aspetta; ti sposo, non mi lasciare!'.

Sei settimane più tardi, i due si sposarono e vissero felici e contenti".

"Ha-Ha, questa si che è una bella storia" Michelle commentò.

"Vedi? Siamo state così brave a scoprire i segreti dei nostri vicini di casa, ma non quelli di Nubia".

Entrambe sapevano che Nubia era quel tipo di persona intelligente e sociale, ma furtiva ed occulta.

"Lei è stata in grado di nascondere i suoi segreti così bene che è impossibile scoprirli senza prove solide".

"Nessuno, a Fourth Mile, neanch'io, ha avuto il coraggio di chiederle del suo passato" Michelle confidò.

"Ma dobbiamo scoprirlo".

"Si, sarà la nostra più grande indagine!".

"Sarà".

Alzando i loro bicchieri di vino per un brindisi, si augurarono.

Il piano di Nubia

Il ricevere la diagnosi del morbo di Alzheimer, fu per Nubia un esperienza mista di emozioni.

Non c'erano più dubbi su come e perché dimenticava, la sua dimenticanza aveva un nome. La paura e la rabbia nel contemplare un futuro cupo, di perdere la capacità di comunicare, di gestire le sue finanze e di perdere l'indipendenza ma soprattutto l'essenza dell'essere umano.

Non sono ancora caduta nel più basso di me stessa, ma manca poco, il morbo di Alzheimer sta uccidendo le mie cellule rapidamente, presto sarò confinata in una casa di cura ——

—————— e in pochi anni o mesi, la distruzione sarà

completa——————non sarò più in grado di parlare, di mangiare, le persone intorno a me, non avranno più un viso o un nome, non potrò più controllare le mie funzioni corporali.

Sarò inesistente prima di arrendermi alla morte.

Nubia rilesse l'ultima pagina del suo diario e aggiunse:

Sento che la morte si avvicini — è ormai su di me — sono grata di avere ancora una amica che si preoccupa di me, mentre il mondo ha già cancellato la mia esistenza .

Michelle nell'apprendere la diagnosi di Nubia, più che mai fragile e vulnerabile, promise a se stessa: 'Sarà il mio dovere di assisterla durante la sua malattia'. Anche se, qualche volta i suoi aiuti causavano in Nubia violenti esplosioni, Michelle fu determinata ad aiutarla durante tutte le fasi della malattia.

Nubia, sicura che Michelle avrebbe protetto e rispettato la sua volontà in qualsiasi momento e in qualsiasi luogo, le chiese di diventare la sua custode legale.

"Anche se sei il mio custode, voglio continuare a vivere in modo indipendente, in casa mia fino a che sia possibile" Nubia richiese.

"Sì, devi essere tu a decidere quando e dove andare".

"Ma come faccio a sapere quando è il momento di affidarmi a una casa di cura?".

"La risposta a questa domanda" Michelle provò a risponderle: "Richiede molto coraggio e buon senso. Devi essere onesta con te stessa".

"Che cosa stai dicendo?" Nubia sembrava aver perduto il filo della conversazione.

Contro tutti i pronostici, Nubia, sotto le cure dei medici, migliorò. Soffriva ancora di lacune ma, per la maggior parte, viveva in modo indipendente e con meno dimenticanze.

Michelle la incoraggiava e motivava, le ricordava gli appuntamenti coi dottori e di prendere le medicine.

Tuttavia, consapevole del fatto che era solo una questione di tempo prima che la sua mente cedesse alla devastazione del morbo di Alzheimer, Nubia non voleva diventare un peso per Michelle, 'lei ha il diritto di vivere la sua vita' pensava e decise di cominciare il processo per ricoverarsi in una casa di cura.

"Ti prego, aiutami a trovare la casa di cura giusta per me" Nubia chiese a Michelle.

"Penso che sia una buona decisione".

"Si, in una casa di cura potrei ricevere un'assistenza completa, l'Aricept che sto prendendo non mi aiuta abbastanza".

"Il personale medico ti aiuterà con stimoli che potrebbero migliorare la cognitività e l'indipendenza fisica".

Dopo una lunga ricerca, Nubia optò per la casa di cura 'Elder Care Alliance' per la recensione che lesse sull' internet:

'La casa di cura ideale per gli anziani autosufficienti e per coloro che richiedono assistenza continua.

Il reparto della memoria provvede e soddisfa le esigenze degli anziani affetti da malattie mentali'.

Michelle e Nubia decisero di visitare la clinica. All'arrivo, furono guidate nel reparto memoria dalla direttrice per una visita informativa.

Le due amiche ricevettero risposte a tutte le domande che avevano. Il reparto tenuto sotto chiave per impedire ai residenti di uscire e rischiare di perdersi, consisteva in una grande sala con la stazione infermieristica in un angolo e un corridoio per accedere alle camere dei residenti. Ogni camera arredata con due letti e comodini e un grande armadio.

La vista dei residenti per lo più in vestaglie e pigiama, camminando da un angolo all'altro con le braccia stese in avanti, turbò Nubia. Sembravano di essere in cerca di qualcosa, da qualche parte, alcuni si fermavano davanti alla stazione infermieristica per chiedere le stesse domande:

"Che giorno è?".

"Posso avere qualcosa da bere?".

"Sei tu mia figlia?".

Altri si limitavano a lamentarsi senza fine: 'Ooh!' o 'Aaah!'.

Il personale medico impegnato sul computer, interrompevano le loro attività per rispondere alle loro domande o per farli riposare.

"Tesoro, siediti qui".

"Amore, bevi un bicchiere d'acqua".

"Carissima io non sono tua figlia".

"Tesoro, lasciami prendere cura di te".

Dopo aver completato la loro visita, Nubia e Michelle in silenzio tornarono a casa di Nubia dove si sedettero in cucina per una tazza di caffè.

"A cosa pensi?" Michelle le chiese.

"Sembrava che non solo i pazienti erano smemorati, ma anche gli infermieri i quali chiamavano tutti tesoro e amore".

Michelle rise al commento di Nubia, poi si ricompose: "So che non è divertente, ma penso che il personale infermieristico sopraffatto dall'assistenza che i residenti richiedono 24 ore su 24 non trovano il tempo di chiamarli per nomi".

Come il morbo di Alzheimer progredisce, le capacità cognitive si deteriorano e così pure la mobilità fisica; la maggior parte dei pazienti diventano un grave pericolo per sè stessi e per i loro assistenti, attività semplice come lavarsi, vestirsi o andare in bagno pongono un rischio di caduta, che, a volte, si rivela fatale. Invece, vivere in una casa di cura dove le attrezzature adatte e il personale specializzato nell'assistenza con le attività quotidiane, previene incidenti.

Errare è comune ai pazienti con malattie mentali specialmente col morbo di Alzheimer, e avviene anche nelle case di cura ma la struttura fornita di aree chiuse e di video-camere aiutano il personale ad impedire ai pazienti di uscire da soli col rischio di perdersi o di mettersi in pericolo.

"Vorrei non aver bisogno di ricoverarmi lì".

"Al presente non è necessario ..." Michelle cercava di trovare l'argomento migliore per aiutarla a decidere il da farsi ma rendendosi conto che Nubia aveva perso il filo della conversazione, tacque e si avviò verso la porta.

"Mi prenderò cura di te, vai a fare un pisolino, sarò di ritorno domani pomeriggio".

Purtroppo, Michelle non fu in grado di ritornare. Il giorno successivo, il 4 gennaio, 2019, la casa di Nubia fu distrutta dal fuoco.

Primo indizio

Jane e Michelle, concentrate negli sforzi di scoprire il passato di Nubia, non riuscivano a pensare più a niente. Per molte settimane, ogni giorno, si incontrarono per leggere il diario di Nubia che recuperarono dal fuoco. Leggendo le pagine rimaste intatte era facile, ma assumere il significato di frasi e paragrafi in parte distrutti dal fuoco o dall'acqua usata dai pompieri era tutt'altro che facile. Spesso le due amiche non era d'accordo sul senso di molte frasi e parole che ognuna interpretava diversamente. I loro argomenti si svolgevano più o meno così:

"Non bisticciamo su questo".

"Esatto, non è necessario, devi ammettere che la mia interpretazione è quella giusta".

"No, non lo è affatto".

All fine di quei piccoli conflitti Michelle propose: "che ne dici se ci prendiamo qualche tempo a parte, rileggiamo il tutto, scriviamo le nostre ipotesi, poi c'incontriamo di nuovo per discuterle come due signore educate?".

“Buona idea! Ciao, ci vediamo tra qualche giorno”.

Ma il nuovo metodo che assunsero non le trovò d'accordo su molti punti. Alla fine entrambe, stanche dei molti tentativi, decisero di far finta di concordarsi sulle teorie degli eventi susseguitosi nella vita di Nubia.

“Per cominciare, Nubia probabilmente è cresciuta a Los Angeles, e forse faceva parte di una di quelle bande, che al quel tempo, e come ancora oggi, popolano la città”.

“Si forse hai ragione” Michelle, dopo aver notato l'espressione delusa sul volto dell'amica si corresse: “Scusami, volevo dire che hai perfettamente ragione, ma la storia non finisce quì”.

“Certo che no, ma almeno siamo d'accordo su questo punto. Probabilmente il suo luogo di nascita fu altrove e poi c'è da capire come sia arrivata a L.A.”.

“Come custode legale, ho avuto accesso ai suoi dati personali. Lei è nata il 21 gennaio 1949, a Bakersfield, California”.

“Allora questo spiega ...” Jane disse, e prima che Michelle potesse commentare, le mostrò una pagina stropicciata del diario.

L'—— no... non era una bomba atomica. Sentivo scricchiolare tutto intorno   mentre la terra si accartocciava sotto la casa. Il

mondo – – – – – – – s – – – finisce

—————————————— il mio letto come una barca, dondolava avanti e indietro. Qualcuno, non ricordo chi, mi afferrò e tutti corremmo fuori- la terra si rotolava come le onde del mare ... Ero molto giovane–– non capivo cosa succedeva.

'Ho sentito le trombe del Signore!'

Una vecchia signora gridava, La polvere e il fumo faceva assomigliare a una zona di guerra tutti

in giro –– cenere e macerie tutt'intorno. Chiamai la mia mamma   il mio papà   ma nessuno mi   rispose. Dormimmo all'aperto nel

retro ——— per diverse notti

––il labirinto delle stelle che riempivano

il cielo nero   diventò   il mio unico amico.

A Bak——— alla deriva, ogni sera mi assopivo ————————————

————

"Penso che questa pagina descriva un disastro".

"Sì, dev'essere stato un terremoto".

"Nubia ha scritto questo, nel 1964, dicendo che, al quel tempo era molto giovane".

"Così il disastro deve essere accaduto, forse un decina d'anni prima".

Le due amiche ritornarono alle loro ricerche e congetture. Durante l'incontro successivo Jane cominciò: "Nubia ha scritto circa il disastro nel 1964 lei aveva 16 anni, scrisse che era molto giovane, così lei deve aver avuto due o tre anni".

"Quindi, sta parlando del terremoto del 1952 avvenuto nella Contea di Kern nel sud della Valle di San Joaquin 7,3 di magnitudine, Nubia si trovava in Bakersfield".

"Come fai a saperlo?" Jane chiese: "lei poteva trovarsi in qualsiasi angolo della Contea di Kern".

"Certo, ma se leggi qui, lei dice:

A Bak———— alla deriva, ogni sera mi assopivo ————————
— — —"

"Ha senso, e mi piace la tua ipotesi".

Era la prima volta da quando avevano iniziato l'indagine che Jane complimentò Michelle.

Lo sisma distrusse la maggior parte degli edifici nella contea di Kern e fu sentito a molte miglia lontano. A Owens Lake, circa 200 chilometri di distanza, danneggiò gli acquedotti e i banchi di sale. A Los Angeles, causò l'interruzione dell'elettricità e danneggiò alcuni edifici. Lo stesso accadde in molti altri luoghi.

Nella Contea di Kern ci furono 12 morti, e molti feriti e quasi cinquanta milioni di dollari in danni.

"Penso che, potremmo assumere che i genitori di Nubia perirono durante il terremoto, e la bambina fu affidata in uno degli orfanotrofi della città di Los Angeles".

"E secondo il suo diario, la piccola non era felice" Michelle disse e sottolineò un paragrafo:

Suor Rina era cattiva, nonostante la mia paura dell'acqua, durante il bagno, mi spingeva la testa sotto l'acqua.

Quando spiavo attraverso una finestra sbarrata nel piano di sotto, mi tirava i capelli per allontanarmi dalla finestra e mi colpiva la testa con il flauto, l'unico giocattolo che avevo nella mano. Suor Rina Mi odiava .

"E' chiaro che la piccola era infelice, e forse fuggì dall'orfanotrofio".

“Bisogna che rileggiamo il manoscritto, per capirne di più e formulare più congetture”.

Le due amiche ritornarono alla loro vita quotidiana, ma non erano in grado di concentrarsi in altre attività. 'L'indagine' le tenne occupate giorni e notti privandole anche del sonno.

Finalmente un giorno, nella prima mattinata, Jane chiamò la sua amica al telefono.

“Pronto, cosa c'è?” Michelle, venendo fuori dalla doccia, rispose al telefono.

“L'ho scoperto!”.

“Che cosa?”.

“Il segreto di Nubia ... posso venire a trovarti?”.

“Certo, vieni per pranzo, ti preparo i panini che ti piacciono tanto”.

Jane arrivò verso le 12:30.

“Michelle, sono così eccitata che non sono riuscita nemmeno a dormire” torcendosi le mani come un bambino, Jane disse entrando: “guarda qui, leggi”.

– – – – – 7 2 , – – – – – – – – – – – mi arrendo

alle mie convinzioni, di amore, fede e giustizia colpevole di morte, il mio sangue ribolliva nelle vene, tremavo di rabbia, pensando chi di noi sarebbe sopravvissuto ——

Ero stordita, chiusi gli occhi ma il pianeta in piena velocità mi

sbattè a terra, vicino al suo corpo trafitto dai rebbi affilati del rastrello

—— a—rastrello, utilizzato per raccogliere le foglie cadute, o per eliminare le scabrosità del terreno, fu l'arma che inflisse la sua morte.

In quella notte d'estate, non sapevo dove andare, avevo paura, ma non c'era nient'altro da aver paura ero già sulla via dell'inferno. Per ore restai accovacciata sul fieno sentivo i miei

muscoli bruciare. Ero disperata mentre le zanzare e le mosche attratte dall'odore del sangue a flotti invasero la stalla leccavano e vomitavano sulla mia faccia bagnata di sudore

——mi appoggiai tremante contro la parete di legno, esitai ad uscire per paura di perdermi nei boschi.

——— sentii rumori intorno a me,

——— rane e rospi si accoppiavano

– – – – – – – – – – – – – – – – – – – –

- il cuore mi batte ancora pensando a quella notte afosa, fissavo la stalla che appariva inmensa e vuota piena di segreti, mentre la musica, la danza, e le risate perforavano le pareti, sopraffatta dagli eventi

------

-----Quando come la porta si aprì e la luce del sole inruppe, la paura mi attanagliò il cuore.

Ero sveglia o addormentata?, non riuscivo a capire, le

urla interruppero il silenzio, e nella confusione che ne seguì l'adrenalina si scatenò ampliato nel mio petto e come un animale selvatico fuggii giù per il pendìo la mia spalla mi doleva

e il mio respiro si fermò ——Dio che cosa ho fatto?

Il sole stava sorgendo brillante e promettente la fine dell'orribile notte d'estate.

In cuor loro sapevano la verità ma nessuno parlò, ma anche se avessero parlato nessuno avrebbe ascoltato, nessuno avrebbe creduto ———tutti d'accordo con quello che hanno visto, il corpo prono verso il basso, la testa posata sui rebbi del rastrello ———.

"Non vedo nessun segreto" Michelle dichiarò,
"Ma hai letto questo?" Jane le chiese, mettendo l'indice sul centro della pagina,

il mio sangue ribolliva nelle vene, tremavo di
rabbia, pensando chi di noi sarebbe sopravvissuto ——

"E qui ..."

vicino al suo corpo trafitto dai rebbi affilati del rastrello

"Secondo te cosa significa?".
"Penso che lei, o qualcuno uccise l'altro".
"Io penso che stai sognando, a me sembra che uno di loro cadde sul rastrello" Michelle commentò.
"Non sto sognando ... leggi qui" ...

Dio che cosa ho fatto?... In cuor loro sapevano la verità ma nessuno parlò, ...

"Questo appare come una confessione di un omicidio per me".

"Sì, vedo il tuo punto di vista ... ma per me è stato un incidente ... tutti d'accordo con quello che hanno visto ... Dai mangiamo".

Mangiarono in silenzio, guardando attraverso la finestra la casa carbonizzata di Nubia in demolizione.

Michelle riempì due bicchieri di vino.

"Mi dispiace, di una cosa" Jane, prendendo un profondo respiro, disse.

"Che cosa?".

"Che ho ignoranto Nubia, per tanto tempo".

"Potresti rimediare, ora più che mai lei ha bisogno di noi".

Reparto della memoria

Erano trascorsi tre mesi da quando il fuoco aveva devastato la casa di Nubia e scioccata l'intera comunità del Fourth Mile. Da allora, la zona diventò il punto di una attività frenetica di pulizia e ripristino.

I vigli del fuoco revocarono l'ordine di evacuazione e gli abitanti delle case adiacenti, pulite dalle ceneri e fuliggine, rientrarono. Al Fourth Mile, la vita era ritornata alla normalità e i residenti, impegnati con la loro vita da pensionati, avevano dimenticato il tragico evento.

La casa fu demolita, e il lotto, privo di qualsiasi traccia dei danni recenti, fu venduto. Il progetto per sostituire la casa carbonizzata in conformità con le leggi di pianificazione statale e locale fu approvato dal comitato direttivo del Fourth Mile e i lavori di ricostruzione erano già in corso.

Nubia, dopo che si fu rimessa dalle ferite subite nell'incendio, accettò il ricovero nel reparto di memoria della casa di cura Elder Care Alliance.

"Ariana, l'assistente sociale dell'ospedale, ha una grande conoscenza del morbo di Alzheimer" Michelle riferì a Jane.

Ariana utilizzò un approccio unico nell'assistere Nubia. lavorava nella convinzione che ogni paziente è diverso, e utilizzava una strategia specifica per ciascuno di essi.

L'assistente sociale ricercò e utilizzò tutte le risorse disponibili per Nubia come un ragioniere per gestire la sua proprietà e sbrigò le pratiche per ottenerle il Medicaid, l'assicurazione medica per le cure a lungo termine.

"Ariana non solo si è presa cura della logistica del suo trasferimento dall'ospedale alla casa di cura ma l'ha assistita anche emozionalmente".

Jane e Michelle studiarono come il morbo di Alzheimer colpisca il cervello rendendo la comunicazionc difficile. Studiarono guide mediche di come iniziare e condurre la conversazione per prepararsi a visitare Nubia.

"Secondo le direttive, noi dobbiamo iniziare la conversazione e se Nubia diventa loquace, la lasceremo continuare".

"Esatto" Jane replicò: "noi dovremmo solo contribuire alla discussione, il che, forse, potrebbe darci alcuni indizi utili per la nostra indagine".

Chiamarono la casa di cura per informarsi dell'ora migliore per visitare Nubia. All'arrivo alla Elder Care Alliance, nel reparto di memoria, Michelle e Jane dovettero attendere che l'infermiera accompagnasse Nubia nel salone comune. Si aspettavano di trovare l'amica triste e o combattiva, invece, Nubia, indossando un vestito comodo da camera, con i capelli bianchi tagliati corti sopra le orecchie, e il trucco leggero apparve contenta, come la ricordavano. Si diresse verso di loro: "Grazie per essere venute, vi aspettavo non ansia" Nubia li salutò con un grande sorriso.

"Ci manchi tanto"Michelle disse abbracciandola. Non riusciva a credere al grande sorriso sul volto di Nubia, 'forse sta guarendo' sperò.

"Come stai?" Jane, a sua volta, chiese, unendosi all'abbraccio: "Ti trovo benissimo, sembra che sei ben curata".

Tuttavia, prima che continuassero con i loro saluti gioiosi e gli aggiornamenti, le due amiche si resero conto che Nubia aveva già perso la capacità di concentrazione. La luce che brillava nei suoi occhi si era affievolita, sembrava persa in pensieri segreti.

Le mostrarono alcune foto di tutti e tre loro che avevano portato sperando di aiutare Nubia a ricordare.

"Chi sono queste?" Nubia chiese.

"Tu, Jane ed io, durante la festa di Natale dell'anno scorso".

"Stai mentendo; questa foto è stata presa ieri durante il funerale di tua madre".

Michelle sapeva che la cosa migliore da fare era di non correggerla nè di discutere con lei, Nubia era solo in grado di vedere la realtà in quel modo, così cercò di essere d'accordo.

"Facciamo una passeggiata fuori?" Jane propose percependo che Nubia stava, di nuovo, perdendo l'attenzione.

"Oh, sì, che bello".

Camminarono fuori, Nubia in mezzo.

"Sembra come ai vecchi tempi!" Michelle, entusiasta, esclamò.

Faceva caldo e l'odore del fiori ben curati, rese la passeggiata molto rilassante, tuttavia, dopo un breve parlare, rimasero bloccate senza aver più nulla da dire.

Nubia, la loro amica, una volta cosi intelligente e interessante non riusciva a dire nulla di sensato e finirono di sentirsi a disagio e deluse.

Appena rientrate nella casa di cura, Nubia si diresse verso la stazione infermieristica: "Che giorno è oggi?" chiese all'infermiera.

"Tesoro, oggi è giovedì".

Dopo alcuni tentativi di ricatturare la sua attenzione, Michelle e Jane, sconvolte per non essere più in grado di avere una conversazione con la loro amica, decisero di ritornare a casa.

Sulla strada di ritorno, si fermarono al Starbuck per un caffè, ancora una volta Nubia fu l'oggetto della loro conversazione.

"La demenza è terribile, spero di non finire anch'io così ".

"Oh, Jane, lo sai che non sta a noi a decidere".

Secondo l'Associazione del Morbo di Alzheimer, ogni 65 secondi qualcuno, negli Stati Uniti sviluppa il morbo di Alzheimer, ci sono già circa 5,7 milioni di Americani affetti dal morbo.

"Una cosa che dobbiamo capire è che perdere la memoria, non significa soffrire o vergognarsi, anche se per noi è triste vedere un amico perdere la mente".

"Lo so, Nubia non si rende conto di aver perso la memoria, sembrava essere contenta, dimentica che ha dimenticato".

"Esatto, siamo noi che ci sentiamo male per, paura di finire in un reparto di memoria".

Il silenzio cadde tra di loro, ognuna assorta nei suoi pensieri mentre sorbivano le ultime gocce di caffè dalle loro tazze.

"Abel Morales in uno dei suoi libri dice: 'Quando si ha paura di saltare, è il momento esatto di saltare. Altrimenti, si finisce per restare nello stesso posto per tutta la vita'. Quindi, mia cara, non abbiamo altra scelta, ma di andare avanti" Michelle disse saggiamente per affievorirle la paura della demenza.

"Sì, è meglio che mi concentri sulla nostra indagine, vado a controllare ogni pezzo di carta che abbiamo messo tra i frammenti in cerca di un nome o di qualsiasi altro indizio che possa aiutarci a scoprire il passato della nostra amica".

"Adesso sì che ragioni!".

La teoria

Michelle e Jane lavoravano instancabilmente nella scoperta del passato di Nubia. lessero più volte il diario ed analizzarono ogni parola e ogni frase, cercando in ogni pagina e in ogni frammento un nuovo indizio.

Costruirono molte teorie, ne scartarono tante e ne fecero altre. A volte, pensavano d'impazzire ma nessuna delle due si arrendeva. Dopo un lungo periodo di quel lavoro meticoloso e a volte noioso Jane annunciò all'amica la sua ultima teoria.

"Ne ho una anch'io, spero, che questa volta, siamo sulla strada giusta".

Dopo aversi scambiato le teorie, si resero conto che entrambe avevano raggiunto la stessa conclusione.

Nubia, nata a Baskerville, in California, visse con i genitori fino all'età di circa tre anni.

Dopo il catastrofico terremoto del 1952, Nubia rimasta orfana di entrambi i genitori fu affidata a uno degli orfanotrofi di Los Angeles, dove dimorò fino al 1970. Nubia lasciò l'orfanotrofio all'età di 21 anni, probabilmente non avendo mezzi e capacità, diventò membro di una banda di Los Angeles, dove svolse un ruolo di prestigio, ma poi?

Michelle e Jane conclusero la loro teoria con un un punto interrogativo.

"Abbiamo ancora un sacco di ricerca da fare, tra i 'frammenti' ho trovato alcuni nomi: Maria ..., Miguel R e Padre Luis" Jane riportò.

"Si li ho trovati anch'io, ma non penso che questi siano nomi, di persone vere".

"Forse dovremmo andare lì per scoprire la verità e i nomi delle persone reali di cui Nubia parla nel suo diario. Forse la polizia o la FBI potrebbe aiutarci".

"Devi essere proprio pazza, dopo mezzo secolo, non troveremo nessuno che ci possa dare un'informazione".

"Come fai a saperlo? Dopo tutto, abbiamo ancora degli amici, ex colleghi, magari qualcuno che sia ancora in servizio, proviamo a contattarli".

Entrambe si sentivano a disagio nel contattare i colleghi di un tempo. Durante la loro carriera, Jane e Michelle mantennero relazioni amichevoli con tutti i colleghi, condividevano lo stesso spazio in ufficio e lavoravano insieme nella lotta contro il crimine: negoziare in casi di ostaggi, agire in segreto per indagare sulle attività di terrorismo o scoprire il posto di una bomba.

Tuttavia, con la fine della loro carriera, al tempo di andare in pensione, circa dieci anni prima, anche i rapporti d'amicizia finirono permanentemente.

Durante la loro carriera, Michelle e Jane erano state in posizioni di influenza o di autorità, il che significava farsi dei nemici. Molti colleghi furono felici di non avere più niente a che fare e tanto meno a rimanere in contatto con loro. D'altronde, non avendo nient'altro in comune, nemmeno Michelle e Jane si curarono di mantenersi in contatto.

"Ma ora abbiamo bisogno di loro".

"Sì, ma chiamarli solo perché abbiamo bisogno di un favore, non credo che sia la cosa migliore da farsi".

"Lo so, potremmo essere deluse, ma bisogna tentare, forse troviamo qualcuno disposto ad aiutarci. Se non chiediamo non lo sapremo mai".

"Come al solito, Michelle, sei persuasiva, dai proviamoci".

Le due amiche trascorsero alcuni giorni nella navigazione dell'internet, in particolare il sito della FBI (Federal Bureau of Investigation) di Los Angeles.

Scoprirono che Paul Carrell lavorava ancora lì. Michelle e Jane lo ricordavano con gratitudine, lui, all'inizio delle loro carriere era in carica del tirocinio delle nuove leve. I suoi insegnamenti e consigli sviluppavano nelle nuove leve profondi rapporti professionali e a volte personali con lui.

Tutti in ufficio si sentivano come perduti quando Paul era assente per un motivo o un altro.

"all'inizio del mio lavoro con la FBI mi sentivo completamente sprovvista senza di lui" Michelle ricordò.

"Era un mentore perfetto, lui, durante i primi passi nella FBI, mi salvò da molti gravi pericoli. Proprio come tutti gli altri in ufficio ebbi modo di conoscerlo e ammirarlo".

"Quanti anni ha ora?"

"Penso che ne abbia 70 e passa, ma credo che sia la persona giusta per aiutarci".

Decisero di contattarlo. Si sentivano sciocche nel mandargli una email, probabilmente le avrebbe ignorate, si sarebbero sentite umiliate e forse avrebbero sofferto peggio di quando consegnarono le loro carte d'identità.

Ma entrambe sapevano che andare in pensione significava lasciare la missione di vita per la quale avevano lavorato duramente. Fu duro per loro lasciare i colleghi di lavoro con i quali avevano condiviso matrimoni, progetti, nascite e comprato decine di pacchi di biscotti per le loro Girl Scout, per molti anni.

Ma il tempo di andare in pensione si avvicinò così in fretta, e fu inevitabile lasciare indietro la loro carriera. Michelle e Jane decisero di tagliare i ponti con il loro lavoro, colleghi e amici, anche se era stato difficile, le aveva dato la forza di sopravvivere. Erano pronte per una nuova vita e per nuove esperienze.

>Caro Paul, questa è Michelle, la penso sempre con ammirazione come sta?<

"Potresti formularla un po' meglio," Jane criticò l'amica.

"E come la scriveresti?".

>Caro Paul,
ho sentito che ancora lavora nella FBI, Io e Jane stiamo programmando di fare un giro a Los Angeles per un paio di giorni, sarebbe bello rivederla.
La vostra, Michelle Delois,
Ex.Vice Direttore.<

"Devo ammettere che è molto meglio, ma stiamo andando a L.A.? Quando?".

"Ma non è questo il nostro piano?".

"Sì, lo è, ma, posso solo permettermi tre giorni di soggiorno a Los Angeles" Jane commentò,

"Perché solo tre giorni?".

"Quando fai il conto: 190 dollari al giorno per l'hotel, 35 per ogni pasto e 29 per il trasporto locale al giorno, più una tazza di caffè e due bibite, fa un totale di circa 1.200 dollari. E questo senza includere il biglietto".

"Non farmi ridere, tu puoi permetterti molto di più" Michelle rispose alla sua amica, mentre controllava la sua e-mail: "whoa! Paul ha già risposto!".

"Leggi cosa dice?" Jane si avvicinò più vicina alla sua amica.

> Non potrei mai dimenticare il mio capo. Sarà un piacere rivederla. Le dò il mio numero di telefono 661-742-4566, mi chiami quando arriva.<

"Ora, non c'è niente che ci possa fermare dalla nostra indagine".

Il piano

Michelle e Jane programmarono il viaggio per Los Angeles; afferrarono l'occasione dell'offerta speciale dei biglietti aerei e dopo la ricerca degli hotel che offrivano il trasporto gratis dal e per l'aereoporto prenotarono sia il volo che l'Hotel Metro Plaza, si informarono dei ristoranti e opzioni di trasporto in città e prepararono i bagagli con cambi d'indumenti per una settimana e una copia del manoscritto di Nubia.

Si sedettero a tavola per rivedere ancora una volta il loro piano di viaggio. Non esiste niente di peggio che arrivare in un posto e non sapere esattamente cosa fare. Ci si perde un sacco di tempo a domandarsi 'cosa facciamo adesso?'.

Loro avevano programmato il viaggio nei minimi dettagli, sarebbero arrivate l'indomani alle 17, ora locale, a Bob Hope Airport, Los Angeles, avrebbero fatto il check-in all'hotel, cenato e riposate. La mattina successiva avrebbero incontrato Paul per pranzo per convincerlo ad aiutarle nella ricerca degli immaginari Miguel R , Padre Luis, e Maria ..., e poi decidere il da farsi.

“Sembra che sia un buon piano”.

“Sì, sembra di sì, io vado, dormi bene stanotte che domani sarà una lunga giornata. Passo a prenderti alle 9 domani mattina” Michelle le ricordò prima di lasciarla.

La mattina successiva Jane si alzò prima del solito 'accidenti, non sono riuscita a dormire per niente', preparò il caffè e accese la TV. Il video e le foto dell'incidente sulla nuova autostrada 235 di Oklahoma, attrasse l'attenzione di Jane.

“Questo è un comunicato speciale dall'autostrada 235. Si registra un enorme ingorgo di molte miglia. La congestione è stata provocata dall'incidente di un autobus con 35 passeggeri con un camion ieri sera tardi” il reporter annunciò mentre il video trasmetteva la tragica scena di ciò che stava accadendo sull'autostrada.

“Non si sa ancora il numero dei feriti o dei morti” il reporter continuò: “Appena ne sapremo di più vi informeremo. Nora, a te la linea”.

Jane sorseggiava il caffè e mangiava una ciotola di cereali quando il telefono squillò.

“Pronto”.

“la Mamma non c'è più!” La voce di sua nipote dall'altro lato annunciò con un grido.

“Cosa è successo?” Jane chiese, poi fece silenzio per smorzare l'impeto delle sue grida: “Ti prego di calmarti, vuoi dire che la tua mamma è morta?”.

"Sì!".

"Eva, ma cosa è successo?" Jane chiese di nuovo. Questa volta non riuscì a sentire nulla, solo il pianto e il clic della cornetta del telefono.

'Oh mio Dio, mia sorella è morta?' Jane provò a richiamare per sapere il come e il quando della tragedia ma nessuno rispose. Freneticamente, cercò il numero e chiamò al telefono Mike l'ex marito di sua sorella: "Mike, cosa è successo?" Gli chiese dimenticandosi i soliti saluti.

"È morta" le rispose senza altri commenti: "Mi dispiace. Ora devo andare" e chiuse la comunicazione.

'Non è possibile, è solo un brutto sogno' ma poi il 'Breaking News' della collusione sull'autostrada 235 ancora in onda le diede le risposte che cercava, sua sorella Nadine era perita nel fatale incidente. 'Devo andare da lei. Voglio vederla ancora una volta' decise.

Michelle, come previsto, arrivò alla casa di Jane, alle 9, sorpresa di non vederla sui gradini di casa pronta a saltare in macchina, 'non è da lei', uscì dalla macchina e suonò il campanello, poi bussò alla porta più volte ma con nessun risultato, 'la chiamo al telefono' ma prima di comporre il numero, si rese conto che aveva un text che non aveva ancora letto.

>Ho avuto un'emergenza. Ti prego di partire senza di me, ti chiamo al più presto per spiegarti tutto.<

Michelle odiava l'inatteso, ma non aveva scelta, era sicura che Jane le avrebbe spiegato tutto. Guidò all'aeroporto, e lasciò l'auto nel parcheggio a lungo termine, 'non posso ancora crederci che mi ha fatto questo, dopo così tanti piani, mi ha lasciata con un semplice text'.

Michelle dopo il controllo di sicurezza, prima di incamminarsi verso la sua gate si fermò per una tazza di caffè. Sapeva che Jane non avrebbe apprezzato una sua chiamata. L'avrebbe telefonata più tardi, ma la tentazione fu più grande della logica. Compose il numero dell'amica ma solo per essere diretta alla segreteria telefonica. 'Odio fare questo da sola, sarebbe stata l'indagine migliore della nostra vita, ma ora sono sola, non so come procedere'.

Michelle inviò una email a Paul,

>Arrivo a Bob Hope Airport alle 17 questo pomeriggio; la chiamo dopo il check-in all'hotel per l'appuntamento di domani. Michelle.<

Poi si imbarcò sull'aereo, ma ancora non riusciva a capire quello che considerava un tradimento dell'amica, 'spero che Jane abbia una buona scusa' la minacciò mentalmente.

L'aereo atterrò in perfetto orario. Michelle uscì e s'incamminò velocemente verso l'uscita per prendere la navetta dell'hotel, ma appena superato la zona ritiro bagagli notò un volto familiare, 'non posso crederci, è venuto di persona'.

Paul era in attesa. 'sembra lo stesso di quasi dieci anni fa' Michelle disse a sè stessa mentre gli andava incontro. Paul, un metro e settantadue, ampie spalle, e nonostante la sua età, conservava ancora una figura atletica. I capelli sale e pepe gli donavano bene al suo viso disseminato di rughe, alcune appena notabili, altre molto profonde che lui chiamava le rughe dell'esperienza, sembrava molto più giovane per la sua età 'un po' panciuto ma nel complesso ancora un bell'uomo!'. Indossava jeans, camicia bianca, scarpe e giacca marrone 'un po'noioso però!'.

Paul, a sua volta, osservava Michelle, che con il trolley si avvicinava sempre più. In jeans, con una camicietta rosa e una giacca nera, la borsa a spalle marrone chiaro e sneakers blue e rosa. Nonostante la sua età, Michelle era ancora attraente, un metro e sessantotto, slanciata, i capelli biondi ovviamente tinti che portava alla 'bob' la faceva sembrare giovane e 'sexy' come le amiche di Fourth Mile dicevano piene d'invidia.

Tuttavia, mostrava gli anni passati con linee verticali sulla fronte e alcune 'zampe di gallina' intorno agli occhi, la prova vivente di una vita piena di intense emozioni e avventure, lei diceva. 'Le curve sono ancora dove dovrebbe essere, poche rughe sul viso ma sembra ancora favolosa, proprio come me la ricordo'.

I due vecchi colleghi si abbracciarono come amici e il darsi del tu divenne naturale.

"Come è bello rivedersi dopo tanto tempo".

"È come un miracolo rivedere la mia boss di un tempo" Paul rispose.

Dopo i soliti saluti, complimenti e commenti sul viaggio e sul traffico: "Non ti preoccupare per la navetta dell'hotel" disse Paul, guidandola verso la sua auto nel parcheggio a breve termine.

"Ho riservato la cena presso il Ristorante Rebus che si trova sulla via di casa".

"È sulla strada del mio Hotel?".

"No, di casa mia, dove alloggerai finché vorrai".

"Grazie, sei molto gentile" Michelle, in completo shock, disse: "Mi confondi con la tua ospitalità".

"Non esserlo, è un piacere per me ospitarti, e non hai bisogno di cancellare il tuo hotel, l'ho già fatto per te".

"Come hai fatto a sapere l'hotel che abbiamo prenotato?".

"Non ti ricordi? Sono ancora un agente attivo della FBI".

Ti ho sempre amata

"Ed è per questo che abbiamo bisogno del tuo aiuto" Michelle, seduta di fronte a Paul al tavolo del ristorante, concluse il racconto della storia di Nubia e il ritrovamento del suo manoscritto.

"Jane ed io, dopo la lettura del diario di Nubia, incuriosite dai misteri che ne trapelano abbiamo deciso di investigare il suo passato".

"Sarò felice di aiutarvi".

Paul ordinò una bottiglia di champagne per un brindisi.

"Alla nostra collaborazione!".

"E al nostro incontro!".

Sorseggiarono lo champagne con un sorriso di approvazione. Paul mettendo la sua mano su quella di Michelle disse: "E' da tanto tempo che voglio dirti una cosa … ".

Il telefono squillò, "Scusami, è Jane" Michelle andò nel bagno per rispondere: "Jane! Cosa è successo?".

"Mi dispiace così tanto!" Jane si scusò e le spiegò il motivo di quello che Michelle considerava un tradimento.

"Mia sorella Nadine, è morta in un incidente stradale, Non la vedevo da anni, dal funerale della mamma" Jane ruppe in lacrime: "Il bus su cui Nadine e i suoi amici tornavano a casa dopo la visita al Myriad Botanical Gardens, 17 ettari di giardino botanico nel centro di Oklahoma City, si scontrò con un camion. L'incidente mortale fece cinque vittime e molti feriti".

"Mi dispiace tanto; non sapevo che avevi una sorella".

"Non ne ho mai parlato, perché ci siamo allontanate dopo il divorzio dei nostri genitori. Io credevo che sarebbe stato il nostro dovere difendere la mamma perchè nostro padre era un terribile traditore, un bugiardo e donnaiolo, ma Nadine decise di vivere con lui".

"Vuoi che venga ad aiutarti, a esserti di conforto?".

"No, non c'è nulla che tu o altri possiate fare per me. Rimarrò qui fino a quando l'indagine dell'incidente sarà completa. Ritornerò al Forth Mile dopo il funerale" Jane, non era in grado di riagganciare, sentiva il bisogno di parlare di più della sorella per alleviare il dolore che le attanagliava il cuore.

"Mia sorella amava i giardini, e la visita al Myriad Botanical Gardens, uno dei giardini botanici circondato da laghi inabissati, era il suo preferito" Jane continuava a raccontare: "Da giovanissime, io e Nadine andavamo spesso al conservatorio del Ponte Tropicale di Cristallo dove rimanevamo stupite dalle piante tropicali, come le palme altissime, fiori fantasmorici, cascate e animali esotici".

Jane avrebbe voluto parlare per ore per rivivere i ricordi di più di mezzo secolo fa, ma si rese conto che doveva finire il suo dire e lasciare andare la sua amica.

"Ti prego di tenermi aggiornata" Michelle le chiese prima di riattaccare.

"Ti auguro buona fortuna nella 'nostra' indagine".

"Sì, Jane, è la 'nostra' indagine".

Michelle rimise il cellulare nella borsa, si guardò nello specchio, e fu sorpresa di vedere lacrime sul suo viso.

"Sua sorella è morta" Michelle riferì a Paul.

"Mi dispiace".

"Grazie" Michelle tirò sù con il naso, si asciugò le lacrime, e cercò di cambiare argomento: "Che cosa mi volevi dire da tanto tempo?".

"Che cosa? Oh, sì!" Paul ricordò, "Non è importante. Finiamo la cena, e poi andiamo a casa".

Il cibo era delizioso, e per un po' fece dimenticare loro l'evento precedente. Poi Paul e Michelle rivissero i ricordi del loro passato e delle loro carriere. Paul raccontò molti anedotti durante la sua missione come mentore ai nuovi agenti dell'FBI. Michelle ricordò l'aiuto ricevuto da lui, all'inizio della sua carriera.

"Uno dei tuoi insegnamenti che ancora ricordo è 'non importa se sieti coraggiosi o paurosi, vigilanti, o lassisti, in qualsiasi momento, lo scoppio randagio di una bomba potrebbe mandarvi al Creatore in un batter d'occhio'".

"Sì, le nostre possibilità di sopravvivenza nel combattere i criminali è stato, e lo è ancora, come quello di vincere alla lotteria".

Poi passarono al caso di un loro collega.

"Ti ricordi il ragazzo polacco?".

Ribaldi aveva lavorato per l'FBI per un lungo periodo di tempo, considerato un ottimo lavoratore ma licenziato sul posto accusato di mancanza di sincerità.

"Mi ricordo di lui, ma ho dimenticato su che cosa mentì".

"Usò un'auto della FBI per portare la sua ragazza a cena e poi rifiutò di ammetterlo".

La commissione di Revisione Disciplinare della L'FBI di cui Paul e Michelle erano membri, dopo aver esaminato i due reati gli diedero 20 giorni di sospensione dal servizio senza retribuzione. Ribaldi però dovette aspettare mesi prima di ritornare al lavoro, prima che la FBI completasse i necessari controlli di sicurezza; alla fine, gli fu permesso di ritornare al lavoro solo per essere licenziato di nuovo.

"Perchè, secondo quanto ci riferirono, nascose delle informazioni segrete".

"Fu un pasticcio, la FBI lo accusava di condotta inamissibile e Ribaldi di difendeva affermando che era vittima di pregiudizio contro i polacchi".

"Abbiamo dovuto lavorare sodo per difendere il suo caso, ma, alla fine, abbiamo vinto e Ribaldi, non solo ottenne il suo lavoro permanentemente ma ricevette anche una promozione per compensarlo delle sofferenze morali che aveva subito".

Tutti e due esplosero in una risata fragorosa che li liberò dal loro stress accumulatesi negli ultimi giorni. Paul pagò il conto e uscirono.

"Beh, siamo quasi arrivati" Paul annunciò.

"Non sapevo che vivessi a Manhattan Beach".

"Son sicuro che ci sono molte altre cose che non sai di me. Ma ti permetterò di scoprirle tutte".

Manhattan Beach, un sobborgo di Los Angeles, considerato uno dei posti migliori per vivere in California. Con molti bar, ristoranti, negozi e parchi. È un quartiere ideale per le famiglie, le scuole pubbliche altamente prestigiose; la maggior parte degli abitanti risiedono in case di loro proprietà e tendono ad essere liberali.

"Wow! Che bella!" Michelle, rimasta colpita dalla sua casa a due piani su un ampio giardino, esclamò.

"Sono fortunato a vivere in questa casa in un quartiere signorile e non lontano dall'ufficio, ma presto sarà troppo grande per me, dopo che vado in pensione, forse la venderò".

Tutto nella casa, dalla cucina al grande giardino ombreggiato con piscina era spettacolare.

"È bellissima, ed è arredata con stile e gusto" Michelle non finiva di ammirarla e congratularsi con Paul.

La sera era calda; la luna piena illuminava il cielo che offriva una visualizzazione affascinante di stelle. Il telescopio permetteva anche la vista delle costellazioni e pianeti luminosi.

"La vista è assolutamente fantastica, grazie" Michelle gli disse, prendendo il bicchiere di vino che Paul le offriva.

Michelle perduta nella bellezza della notte, dimenticò la ragione del suo viaggio, la storia di Nubia, e la sofferenza di Jane.

"Ti ricordi che durante la cena ti ho detto che avevo qualcosa da dirti?".

"Sì " Michelle rispose.

Paul le si avvicinò: "ti ho sempre amata" le sussurrò.

Il silenzio fu perfetto, Michelle represse la sensazione di disagio, che la stava conquistando mentre una calma di felicità l'invase, non riusciva a muoversi, sentiva il suo respiro sul suo viso, poi sulla bocca, per un attimo, cercò di respingerlo, ma poi, lo abbracciò, e gli permise di baciarla.

L'amore

Il mattino successivo, Michelle si svegliò all'odore della pancetta e caffè, il sole era furtivamente entrato nella stanza. Lei si alzò e aprì le tende 'ho dormito bene, ne avevo proprio bisogno' Michelle era affamata e disperata per un caffè ma non voleva andare in cucina, al piano di sotto, in vestaglia. Si fece una doccia in fretta e furia, si asciugò i capelli, 'questo asciugacapelli fa schifo, anche se è meglio di niente', si applicò un trucco leggero, indossò un paio di jeans, camicietta bianca e pantofole, 'metto le scarpe da ginnastica, più tardi'.

Dopo un dieci minuti fu pronta per scendere giù per incontrare Paul e gustare la colazione che le aveva preparato.

"Buongiorno!" Paul la salutò offrendole una tazza di caffè: "Zucchero e latte?" Le chiese.

"Buongiorno!" Gli rispose: "No, lo prendo nero" e bevve con avidità.

Paul e Michelle, dopo un'abbondante colazione, si misero al lavoro.

"Il diario di Nubia è datato, molti anni fa, tu pensi che i 18 Streeters sono ancora nella 18th Street?" Michelle chiese dopo che Paul lesse il manoscritto.

"Assolutamente! Essi sono vivi e proliferosi".

Secondo il sito streetgangs.com, oggi, la banda è ancora nella 18th ma anche nella 11th, 12th e 17th, dove l'organizzazione ha il suo quartiere generale. Le innumerevoli bande e cricche formatesi al di fuori di Los Angeles e in tutta la città, non sono prestigiosi come i 18th Streeters, i membri sotto quel nome sono rispettati e temuti.

La Banda è suddivisa in cosiddetti 'shotcallers' che sono i capi e 'foot-soldiers' che sono i seguaci. Non è una banda famosa a livello nazionale o internazionale ma ha un'ampia rete che collega tutta la città di Los Angeles. le Cricche, normalmente funzionano in modo indipendente, ma si uniscono nella lotta contro le bande rivali o contro la polizia.

"Penso che sia deprimente e terribile ammettere che questa gang incredibilmente complessa, a distanza di tanti anni e immensi sforzi da parte della polizia, sia ancora così forte e i suoi membri così violenti" Michelle commentò.

"Si stima che, in media, ogni giorno una persona nella contea di Los Angeles è aggredita o derubata dai 18th Streeters".

"Dovrebbero essere tutti in galera".

"Non fammi ridere! Sai dannatamente bene che proprio il carcere è la scuola criminale specializzata.

C'è una gang lì dentro così influente e con stretti legami con alte personalità da dominare il crimine internazionale. Finché non ci sarà un'inversione dell'attuale condizione sociale, non cambierà niente".

"Sì, hai ragione come dice Gabriel Kovnator, un esperto della criminalità della California Youth Authority: 'Come un cancro ... Queste gangs continuano a crescere'".

La povertà, che priva dei mezzi legittimi di sopravvivenza porta le persone, soprattutto i giovani, alla criminalità. Quando si vive in un quartiere, povero senza lavoro o reddito, le persone, non importa dove vivano, in Africa o in America, sono completamenti vulnerabili ai criminali che li abusano fisicamente ed economicamente. Essi non possono contare sull'aiuto dell'autorità per ottenere giustiza, hanno una sola scelta: far parte di una gang per protezione e fratellanza, in cambio di atti criminali come rapine, estorsioni e persino omicidi. Più bravi diventano in questi crimini più rispetto ottengono da loro 'fratelli'.

"Ovviamente, chiuderli tutti in carcere, non risolve niente" Michelle commentò.

"Quando si vive in condizioni di povertà e di mancanza di sicurezza, far parte di una gang, per essere protetti ... o per avere soldi per sostenere la famiglia, sembra l'unica scelta da fare".

"Credo che tu abbia ragione, e probabilmente, se non fossi nella mia posizione di privilegio e di comforto, mi arruolerei in una di queste gang".

Lui —————————————   1 8 th S t
r e e t

———————————————— ——————————

Ho creduto e fatto delle cose con la convinzione false ed infantile che la libertà è la possibilità di fare qualunque cosa, in qualsiasi posto e ogni volta che volevo. Esistevo solo io e solo le mie idee ed espressioni contavano ——————————

"Sono sicuro che Nubia è stata coinvolta in uno di questi gruppi, da quello che ha scritto, sembra che lei era in una posizione di autorità forse, una dei cosiddetti 'shotcallers'" Paul disse.

"Lei deve avere costruito la sua reputazione dal nulla, mi piacerebbe sapere cos'ha fatto per guadagnarsi un posto così elevato che la gang ascoltasse a ciò che aveva da dire".

La mia filosofia di vita non è stata che la schiavitù del mio essere,   da portarmi alla disperazione

—— hanno ucciso lui il mio Miguel R—— la mia vita ——————

"Ti sarebbe possibile scoprire chi erano 'Miguel R' e Nubia Kline? Jane pensa che il suo cognome potrebbe essere Rodriguez".

"Proverò a rovistare tra i documenti nell'archivio del '76' Paul la rassicurò prima di andare al lavoro.

Michelle decise di lavare i piatti e pulire la cucina, 'potrei preparare la cena' pensò ma poi ci rinunciò ricordandosi di essere una cuoca maldestra, 'non è mai troppo tardi per imparare, ma ora non è il momento giusto' decise.

Si sedette fuori vicino alla piscina e rilesse il diario di Nubia ma le fu difficile, la sua mente ritornò alla sera precedente e alle parole di Paul che risuonavano nell'orecchie 'ti ho sempre amata' .

'Non posso credere che mi ha amata da tanto tempo e mai, una volta, mi ha mostrato i suoi sentimenti' Michelle aveva sempre cercato la perfezione nelle persone, ma la sua ricerca, la portò a delle scelte sbagliate 'ho rinunciato all'opportunità di stare con gli uomini, perché li considero imperfetti'.

Ma con l'età aveva cambiato l'idea sulla perfezione sia delle cose che delle persone 'per la prima volta nella mia vita, sto pensando di avvicinarmi a Paul' pensò dubitando che fosse troppo tardi 'come faccio alla mia età ad amare?'.

Michelle conosceva molte persone anziane felici e più romanticamente legate di coloro molto più giovani 'Marylin si è appena sposata all'età di 78 anni' nonostante la convinzione che, insieme con il decadimento fisico e mentale, la felicità e l'amore romantico declina con l'età 'la natura dell'amore è sempre in stagione' Marylin usava dire: 'gli amanti anziani si concentrano sul presente, senza piani per il futuro'.

Michelle era consapevole che i suoi coetanei, spesso erano più felici e più soddisfatti della loro vita e dei loro rapporti rispetto ai più giovani. Anni erano solo numeri da contare, per coloro che non hanno paura della solitudine e della morte, gli anni migliori sono tra i 60-70.

Michelle era soddisfatta della sua vita, ma nel profondo del suo cuore, sapeva che l'amore di Paul era arrivato in tempo, dopo tutto, lei aveva bisogno di lui come lui di lei per un sostegno reciproco. 'Non posso ottenere sempre quello che voglio, ma cercherò di ottenere ciò che di cui ho bisogno'.

Dopo la sua profonda considerazione, Michelle decise che era il momento giusto di uscire dalla sua zona di comfort, per una relazione con Paul, insieme godere il presente che avevano e il futuro che gli restava.

L'indagine

All'arrivo nel suo ufficio, Paul si unì ai suoi colleghi, per il tirocinio quotidiano con le armi da fuoco per mantenersi in forma, pronti a intervenire qualora fosse necessario in qualsiasi situazione che si sviluppasse nella comunità.

Dopo l'esercizio, Paul pensava di spendere gran parte della sua giornata fuori dall'ufficio, per investigare negli ultimi casi, invece optò di ricercare documenti relativi all'indagine di Michelle.

Mentre puliva la sua semi-automatica, la sua mente rivisse la scena della sera prima, 'Rivedere Michelle ha riacceso il mio amore per lei'.

Paul era rimasto celibe tutta la sua vita. Non aveva mai trovato una persona ideale che condividesse le sue idee ed obiettivi. 'Non volevo avere a che fare con nessuno, desideravo Michelle, ma dichiararle il mio amore è stato sempre difficile, avrei dovuto avere il coraggio, ma non l'ho fatto'.

Come agente speciale della FBI, Paul durante la sua carriera aveva avuto molteplici responsabilità: la formazione delle nuove leve, combattere le bande nei posti remoti della comunità e condurre indagini complicate, per citarne alcune. All'inizio della sua carriere, si dedicò alla formazione dei nuovi agenti, per incoraggiarli a raggiungere i loro obiettivi. Il duro lavoro che la sua posizione richiedeva non gli permetteva il tempo per il romanticismo, 'ma la prima volta che la vide capii cosa significava essere innamorati' Paul ricordò.

Purtroppo dovette sopprimere i suoi sentimenti perchè era vietato corteggiare un subordinato. Poi Michelle fu trasferita in altri Stati e alcuni anni dopo ritornò con la carica di Vice Direttore. Paul, ancora una volta. dovette sopprimere il suo amore per lei, più forte che mai, perchè non era permesso di corteggiare i superiori 'non c'è stato mai un momento giusto per dirle che l'amavo'.

Il telefono squillò, Paul, uscendo dal suo vagheggiare rispose: "va bene, arrivo subito".

Paul lasciò l'ufficio per unirsi ai suoi subalterni nell'arresto di un criminale ricercato da lungo tempo.

Si affiancò agli altri agenti nei pressi del nascondiglio del sospetto. Dopo un rapido briefing sulla situazione, esaminando la mappa della zona, Paul assegnò i suoi agenti secondo la strategia considerata la più efficace.

"Finalmente siamo arrivati alla fine di quest'investigazione!" Il suo assistente esclamò.

"Sì, le condizioni sembrano propizie per un arresto..." Paul rispose.

Due dei suoi agenti cautamente si avvicinarono con le arme in pugno al trailer in cui il ricercato si nascondeva. Paul e altri agenti rimasero indietro, pronti ad intervenire ma non ne fu bisogno, il sospetto fu preso in custodia senza incidenti.

"Mi dispiace di essere così in ritardo" Paul si scusò, appena entrò in casa a sera tardi: "il sospetto è stato arrestato e posto sotto chiave e poi il tempo necessario di sbrigare le pratiche burocratiche …".

"Va bene, Paul, non c'è bisogno di scusarti, So benissimo come vanno queste faccende".

"Grazie, vado a cambiarmi e poi ti porto a cena".

"In realtà, ho già cucinato, e se non hai paura t'invito a mangiare!".

"Ha-ha, sei divertente, a proposito, ho trovato qualche informazione per te, ci vediamo tra un paio di minuti".

La pasta con i gamberi e l'insalata erano gustosi e tenne Michelle e Paul occupati per un bel po'.

"Sono stato in grado di scoprire qualcosa su quel Miguel, e sì, il suo cognome era Rodriguez" Paul, dopo aver catturato l'attenzione di Michelle, disse.

Indietro nel tempo, i fattori principali nel determinare la gerarchia in una gang erano l'età, la forza fisica e il numero degli arresti, ma col tempo tutto cambiò. Il denaro proveniente dal traffico dei stupefacenti e armi diventò il simbolo del potere e prestigio. Miguel Rodriguez, il boss della banda 18th

Streeters, e Gustavo Suarez il capobanda dei Crips stipularono un accordo sul traffico delle attività dei stupefacenti .

Le donne, membri dei gruppi, ufficialmente non erano considerate pericolose o importante nelle attività delle gangs e come tali, avevano meno probabilità di essere arrestate. Loro erano in carica di consegnare armi e droghe che alimentavano il traffico. A volte, però incitavano le gangs rivali alla lotta.

Quando la ragazza di Miguel accusò Gustavo di avance sessuali, la rivalità tra i due gruppi malgrado l'accordo speculato crebbe esponenzialmente. La controversia cambiò le due bande da collaboratori in peggiori nemici. Spesso si cimentavano in lunghe lotte lasciando morti di entrambe i gruppi nelle strade.

"Durante il capod'anno del 1976, Miguel Rodriguez e un paio di soci di entrambe le bande furono uccisi. Dopo mesi di indagini, la polizia, incapace di fare arresti, archiviarono il caso irrisolto".

"Ma il riporto non elenca le persone coinvolte con le bande?" Michelle gli chiese.

"Oh, sì, c'è un lungo elenco di nomi, ma gli investigatori non furono in grado di ottenere prove concrete per proseguire con arresti e processi".

"Hai trovato il nome di Nubia?".

"Sì, Nubia Kline, è elencata come la ragazza di Miguel".

"Hai scoperto da dove veniva?".

"Tutto questo sta a te scoprirlo" rispose Paul.

Si alzarono da tavola, sparecchiarono, e caricarono il lavastoviglie.

"Andiamo a sederci accanto alla piscina; ti porto un dessert".

"Grazie, è delizioso" Michelle complimentò Paul, mentre sorbiva il suo gelato affogato.

"Come posso scoprire il passato di Nubia?".

"Ho ottenuto un permesso speciale per te, di venire nel nostro archivio e cercare, ti porto lì in mattinata".

Poi riportarono la loro attenzione al gelato. Entrambi nella loro mente avevano molte domande senza risposte e riluttanti a chiedere l'un l'altro, fecero finta di guardare le stelle.

"Ieri sera t'ho confessato che ti ho sempre amata, e tu mi hai abbracciato e permesso di baciarti, mi chiedo se ciò non sia una dichiarazione ..." Paul, infine, ruppe il silenzio.

"Una dichiarazione di cosa?" Michelle, già sapendo cosa voleva dire, chiese.

"Che anche tu mi ami!".

Michelle confidò a Paul, i suoi pensieri di come si rese conto che, per molti anni, dedicata al lavoro, aveva trascurato i sentimenti personali.

"Probabilmente, anch'io ti ho amato dal primo momento che ti ho visto, ma ho mantenuto la distanza che il nostro lavoro e le nostre posizioni richiedevano".

"Così ho fatto anch'io" Paul ricordando tutti i momenti che voleva proporre il suo amore: "Ma il momento non era mai quello giusto".

"Stasera lo è!" Michelle disse.

"Sì, hai ragione, nessuno e niente potrà mai più interferire con il nostro amore".

Trascorsero la notte abbracciati in un'intimità che superò le loro aspettative.

Revisione del caso

Il mattino seguente, Michelle nel vasto archivio della FBI, si sentiva a suo agio 'come ai vecchi tempi'.

Un caso di omicidio, non avendo lo statuto di limitazione se rimane insolvibile nonostante le indagini della polizia, della stampa e il coivolgimento dei civili, non può essere chiuso. Il caso rimane 'dormiente' fino a quando nuove prove o nuove tecnologie emergano in grado di risolverlo.

Le ci volle un lungo tempo per trovare i documenti che cercava, secondo il diario di Nubia la morte di Padre Luis avvenne nel 1970. C'erano molte scatole datate in quell'anno, alcune molte pesante, altre di meno, Michelle le prese ad una ad una dallo scaffale; le rovistò in fretta, copiò documenti o articoli che ritenne opportuno per la sua indagine, poi rimise le scatole al loro posto. Era alla decima scatola e ancora non trovava le informazioni che sperava di trovare. Il suo cellulare squillò, "Pronto? Oh Jane, carissima, come stai?".

"Ancora sotto shock" l'amica le rispose: "le autorità hanno rilasciato il corpo di mia sorella alla famiglia, e domani ci sarà il funerale".

"Mi dispiace tanto; vorrei essere lì con te".

"Grazie, ma non ti preoccupare, nella vita, per quanto dolorosa sia, ci si va avanti lo stesso".

Per i seguenti dieci minuti, Jane confidò all'amica il rammarico di non aver parlato a Nadine per tutti quegli anni e la sofferenza inmaginabile che la morte della sorella le procurava.

Michelle voleva ma non riusciva a trovare parole per consolarla, per fortuna Jane riuscì a superare la sua autocommiserazione per chiederle: "Come sta andando l'indagine?".

"Non sono ancora riuscita a scoprire gran chè, in questo momento mi trovo nel mezzo di un casino di carte sparse dapperttutto intorno a me, sperando di trovare qualcosa sulla morte di Padre Luis".

Le due amiche discussero a lungo il modo migliore per ottenere risultati; finalmente Jane riattaccò.

Michelle continuò la sua ricerca fino all'esasperazione 'queste scatole sono così vecchie da rendere le etichette poco leggibili' era quasi sul punto di rinunciare, quando trovò la cartella con il nome di Padre Luis. Vi trovò il luogo, la data e l'ora dell'incidente, i nomi di tutte le persone interrogate, tra cui il l'ufficiale che per primo giunse sul luogo della scena. Inoltre includeva il riporto dell'autopsia, le foto, e le deposizioni dei testimoni. Fece copia di tutti i documenti 'questo mi aiuterà enormemente' finì di rimettere a posto le scatole e uscì dall'archivio.

Michelle, adottando la stessa metodologia delle indagini che usava molti anni prima, trascorse il giorno successivo a leggere, analizzare e scrivere in ordine cronologico gli avvenimenti dell'incidente.

Finalmente fu pronta per la fase finale, di solito la più lunga, di scrivere la sintesi dettagliata dell'incidente, la stesura delle prove che convalidassero la sua teoria di omicidio.

Michelle sapeva che rischiava di scoraggiarsi, ma era determinata a completare il compito. L'ordine cronologico e la comprensione di ogni nota renderebbe la questione chiara.

Senza questi elementi, si sarebbe persa in un labirinto di carte, e farebbe un mucchio di false assunzioni.

Il giorno successivo, dopo che Paul la salutò per andare al lavoro, Michelle si mise al processo meticoloso, rifece le copie di ogni pagina che aveva già copiate nell'archivio che mise al sicuro, allineò le copie nell'ordine in cui voleva procedere, e prima di proseguire, decise di prendersi una pausa.

Scese in cucina e si preparò una tazza di caffè che sorseggiò durante la compilazione della sua relazione, la rilesse e vi trovò delle lacune, incoerenze e sovrapposizioni e informazioni fuori posto. Rilesse le copie dei documenti trovati nel archivio, aggiunse al suo riassunto date, orari, rifornì le informazioni mancante 'penso che ho fatto un buon lavoro! Sono pronta per l'azione', ma subito si rese conto che la meta era ancora lontana.

La sua relazione riportava che:

Il 7 giugno 1970, alle 13, la polizia ricevette una chiamata dalla superiora dell'orfanotrofio St. Joseph, informando che lo stalliere aveva trovato un corpo nella stalla annessa all'edificio.

Ore 13:45 il carabiniere Brandon arrivò sulla scena confermando che il corpo di un uomo giaceva prono con la testa affondata nei rebbi di un rastrello.

Ore 14:30, il coroner rimosse il corpo che fu trasportato all'obitorio della contea.

Ore 16 l'ufficiale di polizia affermò nel suo riporto scritto che il corpo trovato prono sui rebbi di un rastrello nella stalla adiacente all'Orfanotrofio St. Joseph, era freddo al tatto. Il corpo è stato identificato come quello di Padre Luis Hernandez di anni 44. Nessun segno di lotta è stato notato nella stalla.

30 giugno 1970

Il rapporto dell'autopsia riportò che la causa di morte era stato il trauma dovuto alle perforazioni degli occhi, coerente con la posizione in cui il corpo è stato trovato, prono sui rebbi del rastrello. Non si riporta nessun'altra prova di trauma or patologia.

Solo tre foto sono disponibili: quella del corpo prono sul rastrello, una della stalla e l'ultima delle vicinanze dell'edificio.

Le deposizioni dei testimoni:

Lo stalliere Vincent Ramos: Sono entrato nella stalla per rimuovere il fieno bagnato o sporco con un forcone. Ho visto il corpo prono sul rastrello e sono corso ad avvisare la Madre Superiora. Non ho visto nessun altro. Il fieno sul pavimento era tutto sparpagliato, ma l'ho trovato normale.

La madre superiors Maria Ruiz: non ho visto il corpo. Ho solo chiamato la polizia. Conoscevo Padre Luis, ogni mattina lui celebrava la messa per la nostra comunità. Aveva un cavallo nella nostra stalla di cui si prendeva cura dopo la messa.

Il guardiano dell'orfanotrofio Charles Mendez: ho visto un sacerdote andare nella stalla, ma io non l'ho visto ritornare, ho pensato che fosse uscito dalla porta posteriore.

"Perfetto, sembra professionale" Paul si congratulò dopo aver letto la relazione.

"Grazie, ma non dimostra gran chè, tranne che il Padre Luis fu trovato morto e la morte fu causata dal trauma dei rebbi, ma io sono sicura la storia non finisce così".

"Potrebbe essere, ma come si fa a dimostrarlo?".

Michelle anche se, da quello che Nubia scrisse nel suo diario, fosse convinta che la morte di Padre Luis era stato un omicidio, non aveva trovato nessuna prova per categorizzarlo come tale.

—— a—rastrello ... fu l'arma che inflisse la sua morte.

——Dio che cosa ho fatto?

nessuno avrebbe creduto ——tutti d'accordo con quello che hanno visto ...

"Penso che i testimoni hanno mentito nelle loro deposizioni e che la scena del crimine deve avere avuto tracce di una lotta che probabilmente precedette la morte di Padre Luis".

"Secondo il diario, l'incidente o l'omicidio avvenne durante la notte, e il corpo fu trovato la mattina dopo".

Paul e Michelle trascorsero un paio di ore nella discussione delle diverse teorie possibili, ma alla fine furono d'accords che: l'omicidio o l'incidente successe di notte e lo stalliere ne scoprì il corpo la mattina seguente. Madre Maria dichiarò che Padre Luis, celebrava la messa per la comunità ogni mattina, ma non disse se la celebrò quella mattina. Il guardiano Charles Mendez vide un sacerdote andare nella stalla ma non disse il suo nome o il giorno.

Il rapporto dell'autopsia di 23 giorni dopo la scoperta del corpo, non indica l'ora della morte.

"Non abbiamo nessuna prova e non possiamo raggiungere una conclusione basata sulle nostre ipotesi".

"Lo so, tu sei convinta che Nubia abbia ucciso Padre Luis. Tuttavia, il suo nome non è menzionato in nessuna parte nella relazione".

"Sì, È vero ma quello che Nubia ha scritto: ——–Dio che cosa ho fatto?nessuno avrebbe creduto ——–tutti d'accordo con quello che hanno visto ...

Suona come una confessione. Ma perché lo avrebbe ucciso?".

"Forse lui l'avrà aggredita sessualmente e lei lo uccise, forse è stato un incidente banale o forse lei assistì al suo omicidio o provocato l'incidente".

"Sì, ci sono tanti 'forse'. Sarebbe bello scoprire la verità".

Un weekend romantico

Paul sentiva la frustrazione di Michelle aumentare per non riuscire a scoprire il mistero inabissato della vita di Nubia.

"Capisco il tuo desiderio di scoprire il passato della tua amica e ti assicuro che in un modo o in un'altro ci riuscirai" Paul, tenendo le mani di Michelle nell sue, l'ha rassicurò.

"Forse ho solo bisogno di dimenticare l'investigazione e ritornare a casa" gli rispose.

"Oh no, così presto! Rimani ancora un paio di giorni, questa volta solo per noi due!".

Michelle non aveva bisogno di altri motivi; aveva sperato che lui le chiedesse di restare, tuttavia fece finta di protestare.

"Ma tu devi lavorare, potrei esserti d'impiccio".

"Questo fine settimana sono libero, non abbiamo bisogno di fare molto, che ne dici di una staycation?" Le suggerì .

L'idea catturò la fantasia di Michelle, solo loro due in quella casa bellissima, liberi da impegni, lavoro o preoccupazioni.

"E' una buona idea" Michelle rispose

Chiusero i cellulari e laptop, e lasciarono che il mondo girasse senza di loro.

Paul e Michelle trasformarono la routine quotidiana in una dinamica e divertente: mangiarono all'aperto, guardarono film in vogue mezzo secolo prima, nuotarono sorseggiando un bicchiere di vino, passeggiarono, si confidarono segreti e speranze, si amarono con passione all musica Hawaiana e danzarono al lume di candela.

Non trascurarono altre attività come lo shopping nei loro negozi preferiti e pranzi nei ristoranti che Paul voleva provare da anni.

Visitarono il parco nelle vicinanze, perfetto per un'escursione su per le formazioni rocciose.

Purtroppo il fine settimana passò in fretta. "Grazie per la staycation, il migliore che abbia mai vissuto, ci ha rilassati e connessi per la vita".

"L'idea è stata tua, Paul, non è stata perfetta ma magica. Svegliarmi nel tuo letto, e sentirmi istantaneamente come essere in vacanza e in amore è stata un'esperienza indimenticabile!".

Paul rispose al suo cellulare.

"Devo andare" disse dopo dieci minuti di conversazione animata. Baciò Michelle e disse: "Ci vediamo stasera, forse nel primo pomeriggio".

Michelle, un po' delusa 'mi stavo abituando alla bella vita. Beh, penso di aprire le mie e-mail e rimettermi in contatto con gli amici' decise dopo aver finita la colazione, e messo in ordine la cucina.

> Il funerale è stato molto triste. Molti dei
miei parenti che erano presenti; mi vergogno a dirlo, non li ho riconosciuti. È terribile? I membri di una stessa famiglia che non si riconoscono più. Uniti intorno a una bara, per rivedersi forse al prossimo funerale.<

> La salute della paziente Nubia Kline sta deteriorando in fretta, le consigliamo di visitarla al più presto possibile e di fare un appuntamento col   Dr. Ruben per un aggiornamento sulle sue condizioni.<

>Il Club delle donne di Fourth Mile ha il suo incontro generale il prossimo lunedì per pianificare le attività delle prossime festività …<

Dopo la lettura di molti altri e-mail, eliminò quelli che considerò cianfrusaglie. Aprì il suo conto bancario in cui la lista delle cambiali si stavano accumulando ne pagò la maggior parte. Fece un paio di telefonate, ricambiò l'e-mail di Jane.

> Mi dispiace tanto per la tua perdita, e più di tutto sono dispiaciuta che non ero con te in un momento così triste della tua vita.<

Riservò il suo posto al meeting del club delle donne e fece l'appuntamento col Dr. Ruben per quel giovedì. Riservò il volo di ritorno a casa per il Mercoledì 'sembra che abbia sistemato tutto, ho solo bisogno di preparare la valigia'.

Michelle andò in camera sua per 'raccogliere' la sua roba sparsa dappertutto, non solo nella sua camera, ma anche in quella di Paul, non riusciva a distinguere la roba pulita da quella sporca. Dopo aver provato un paio di volte, decise di lavarli tutti. Mentre la lavatrice completava il ciclo di lavaggio, Michelle provò ad organizzare le pile di carta accatastate sulla scrivania. 'sono proprio un macello' ammise a sè stessa ma dopo alcuni tentativi e un un'oretta più tardi riuscì a mettere i suoi documenti in ordine.

'Mi sento molto meglio, ora vado a mettere il bucato nell'asciugatrice' e continuò con i preparativi quando i vestiti furono asciugati li piegò e li mise nel bagaglio. Stava mettendo i suoi documenti nella cartella quando sentì una macchina nel vialetto, 'Appena in tempo, Paul è già qui' si avviò al piano di sotto per incontrarlo ma innavertitamente spinse i documenti che si sparpagliarono sul pavimento.

"Scusami se sono in ritardo, ma siamo stati impegnati con dei spacciatori di droga, e tu sai cosa ciò significa" Paul guardando il pavimento coperto di carte, si scusò.

"Sì, lo so, non potrei mai dimenticare" Michelle rispose e con il suo aiuto raccolse i documenti.

"Chi è questa?" Paul, indicando un nome visibile nel foglio protettore dei frammenti le chiese.

"Non lo so, Maria, non abbiamo trovato il suo cognome" Michelle, dopo averlo abbracciato gli rispose, "ma adesso lasciamo tutto qui".

Paul non se lo fece ripetere, entrarono nella sua camera da letto dove la passione li travolse.

"Anche gli amanti più innamorati hanno fame" Michelle sussurrò dopo l'incredibile intimità.

"Hai ragione".

Si recarono al ristorante e mentre aspettavano la cena. Michelle lo aggiornò sui messaggi ricevuti la mattina e il suo cambiamento di programma.

"Fai come pensi sia meglio per te e i tuoi amici, ora che abbiamo scoperto che ci amiamo, nemmeno la distanza ci separerà. Mi displace solo che non siamo riusciti a completare l'indagine per cui sei venuta".

"Penso che la mia vera missione era di scoprire il tuo amore per me, il resto è stato solo un mezzo per trovarti".

Paul stava per aggiungere qualcosa ma entrambi si trovarono occupatissimi con la bistecca al forno, patate e broccoli che il cameriere servì loro.

Più tardi quella notte, Paul e Michelle ritornarono all'indagine utilizzando il loro migliore talento; entrambi volevano sapere chi era 'Maria'. Controllarono tutti i 'frammenti' e analizzarono ogni parola, consonante, e ogni vocale che leggevano. Finalmente verso le due del mattino, giunsero alla conclusione che Maria aveva vissuto con Nubia, nello stesso orfanotrofio. Paul dopo aver navigato sul sito privato della FBI, scoprì che il cognome di Maria era Guadalupe, 74 anni di età, viveva a Napoli, in Florida.

"Grazie, Paul, andrò a visitarla al più presto".

I ricordi di Jane

Jane era cresciuta con la sorella Nadine due anni più giovane di lei in una casa piena di affetto e attenzione. Fin dalla prima infanzia, Jane e Nadine si erano sentite accettate ed amate, la loro vita sembrava promettente. I genitori sempre pronti ad aiutarle a scoprire i loro potenziali per diventare le persone che sognavano di essere. Le due piccole erano sempre incoraggiate nelle loro attività, non importava se era dipingere qualcosa, sfogliare le pagine di un libro o giocare nella sabbia. Ricevettero lo spazio e il tempo per esplorare il mondo e di trovare il loro posto.

Durante gli anni della crescita, i genitori instillarono in Jane e Nadine l'elemento principale che nessuna scuola può fornire per diventare adulti come la fiducia in se stessi e l'autostima.

Quello che mai sfiorò Jane fu il fatto che i suoi genitori discutevano sempre dietro porte chiuse. I motivi principali, scoprì più tardi, erano i continui tradimenti del padre, 'Mi dispiace' Jane sentì suo padre dire: 'io non intendo farlo, sono le donne che mi seguono ed io non riesco proprio a resisterle'.

Dapprima, Jane non riusciva a capire il significato di una tale dichiarazione, né delle conversazione frequenti della sua mamma con la sua amica: 'Quando le ragazzine saranno cresciute, mi sbarazzerò di lui'. Tutto divenne chiaro quando i suoi genitori divorziarono. Si sentì tradita, le sembrò che tutto quello in cui aveva creduto, la cura e l'amore dei suoi genitori per lei e sua sorella erano state un mucchio di menzogne.

Il divorzio non significò solo la separazione dei genitori, ma anche quella delle due sorelle. Nadine convinta che la colpa del divorzio fosse della madre, decise di vivere con il papà, mentre Jane rimase con la mamma. Le famiglie dei loro genitori, una volta vicine e amici, ovviamente diventarono ostile e distante.

Nel primo pomeriggio, Jane arrivò presso la città di Shawnee Oklahoma. Dove sua sorella viveva, e dove sarebbe stata seppellita il giorno seguente. Fece il check-in nell'Albergo Inn, ordinò il pranzo e inviò alcuni e-mail a Michelle, poi sdraiata sul letto, permise alla sua mente di navigare nel passato.

'Mi sono allontanata da mia sorella, per ragioni che ho sempre considerato valide'.

Dopo il divorzio dei loro genitori, Jane rivide sua sorella in occasione dei funerali del papà e della mamma, rispettivamente 15 e 10 anni prima. In entrambe le occasioni, Nadine indossava la collana di perle che era appartenuta alla madre, Jane nascondendo a malapena la sua rabbia, l'aveva riproverata: "Dovresti vergognarti di indossare la sua collana".

"È mia, e me la metto quando voglio con orgoglio e senza vergogna".

Jane finì di mangiare, si fece una doccia. Decise di andare a letto presto, sperando che un buon sonno la ricaricasse d'energia ma non riusciva a dormire, mille domande le assalivano la mente. 'Come farò a vedere il suo corpo, dopo così tanti anni? Come reagirò a rivedere i parenti e a salutarli con grazia, e nello stesso tempo evitare le loro inquisizioni?'.

Non voleva provocare un dramma nell'ignorarli del tutto, ciò che lei avrebbe preferito, aveva bisogno di essere emotivamente calma e dimenticare il passato, almeno per un giorno. Jane, stanca dei parenti e della loro lunga abitudine di violare la sua vita li aveva da tempo allontanati. 'Domani però sarà diverso' decise di bilanciare i suoi sentimenti, di dimostrarsi gentile con loro o, se non altro, neutra soprattutto con sua nipote con la quale, nel passato, aveva avuto sporadici contatti sui social media, che però non sarebbe stata una garanzia per un ripristino futuro dei legami familiari.

Jane si chiese se i suoi parenti riconoscevano le ragioni che li avevano allontanati, 'probabilmente non ne hanno nessuna idea, io e loro, non possiamo o meglio non vogliamo cambiare le nostre opinioni'.

Jane si vide seduta con parenti che avevano dimenticato i loro nomi e le relazioni, un paio di cugini, alcuni cugini di secondo grado e forse una zia o due. La separazione datata circa un mezzo secolo avanti non lasciava nessuna possibilità, Jane pensò, che il funerale sarebbe stato un'occasione per riparare i legami perduti.

Tuttavia, lei non voleva riportare alla luce o riaccendere i drammi familiari e nemmeno sperava nella possibilità che rivederli avrebbe attenuato il suo dolore. Ma sentiva il dovere di partecipare al funerale della sorella, le sarebbe stato d'aiuto a superare il senso di colpa per averla allontanata in tutti quegli anni. Jane decise di evitare i dramma famigliari e di concentrarsi nel superare i suoi sentimenti dolorosi che la seguivano da sempre.

Il giorno dopo, verso le 11, Jane arrivò alla cappella del Fairview Cemetery, c'era una piccola folla, non riconobbe nessuno e sembrava che nessuno si ricordasse di lci. Jane si avvicinò alla bara chiusa depositò la rosa che aveva ricevuto all'entrata, e con la mano si appoggiò su di esso, e pregò per Nadine.

Dopo un rapido sguardo alle persone che affollavano la piccola cappella, Jane non riconobbe nessun viso ma quello di sua nipote, Eva, la figlia di sua sorella, che in piedi a poco distanza dalla bara accettava le condoglianze dei familiari e amici che erano venuti a pagare il loro rispetto.

Jane l'abbracciò e la baciò, sicura se lei l'avesse riconosciuta e sedette nel mezzo dell'ultimo banco.

Dopo aver salutato tutti i presenti, il Ministro non si concentrò sulla perdita di Nadine bensì elogiò il suo passato concentrandosi sulle sue qualità, interessi e obiettivi e per un attimo sembrò che Nadine fosse viva in mezzo a loro. Jane rimase confusa e si sentì più che mai in colpa, 'oh, Nadine, non ho mai saputo che hai fatto tanto bene nella tua vita' e per la prima volta dalla loro separazione si sentì vicino a lei.

'Perdonami' Jane, asciugandosi le lacrime le chiese. Alla fine della cerimonia, il raggio di vita sembrava aver dissipato il buio della morte. I partecipanti con un'espressione calma sui loro volti, sembravano accettare la dipartita di Nadine che non sarebbe stata mai dimenticata.

I partecipanti all'uscita furono tutti invitati ad unirsi alla famiglia nel ristorante 'I Fratelli's' per il pranzo di consolazione.

Mike, l'ex marito di Nadine rimase seduto, con lo sguardo ancora fisso sulla bara.

"Papà, andiamo a pranzo," Eva, toccandogli leggermente la spalla, gli disse.

Mike la guardò, si alzò, l'abbracciò ed insieme uscirono dalla cappella. Nadine non c'era più, ma loro aveva ancora l'un l'altro.

Jane notò il vestito di Eva, 'sembra che sia incinta' pensò, 'forse no, io non ho molta esperienza, in questo, non ho mai avuto un figlio' e distolse lo sguardo dal piccolo 'rigonfio'.

Disposizioni di trattamento

Il Mercoledì sera, dopo un volo comodo, Michelle arrivò al Eastern Iowa Airport, guidava verso casa sull'autostrada 380. Le sembrava che fosse trascorso tanto tempo da quando era partita, invece erano stati solo pochi giorni. Gli eventi degli ultimi giorni però le avevano cambiato la vita, 'sono innamorata, la vita è meravigliosa'. Chiamò Paul sul cellulare il quale le confidò che le mancava già tanto e non vedeva l'ora di rivederla.

"Vedrai che ci rivedremo presto, Buona notte amore mio".

La mattina successiva, Michelle ricevette un messaggio ricordandole dell'appuntamento col Dr. Ruben alle 15.

Erano trascorsi sette mesi da quando Nubia si era ricoverata nel reparto di memoria. D'allora, era deteriorata così tanto sia mentalmente che fisicamente da non poterla riconoscere. Michelle, che una volta sperava che Nubia con le cure della clinica, sarebbe migliorata, si rese conto, con una rabbia profonda, che l'amica era ormai alla fine.

Michelle ricordò gli annunci pubblicitari della casa di cura che attirò l'attenzione di Nubia:

'Fornisce la più alta qualità di vita per i residenti. Le attività sono dirette ad inspirare i pazienti a trovare uno scopo nella vita, e a rinvigorirli'.

La giornata, a Elder Care Alliance, iniziava con una colazione nutriente e con i saluti del team della ROT (terapia di orientamento alla realtà) e l'annunzio delle attività emozionante previste per il giorno, come esercizi aerobici, meditazione, bowling, golf, passeggiate, danza, lezioni di musica o guardare un film.

Dopo la colazione, i residenti accompagnati dai terapisti si recavano alle attività della giornata elaborate per il loro tipo di demenza, adatte alle loro condizioni fisiche e interessi. Nubia non voleva avere niente a che fare con tutte quelle attività, preferiva rimanere isolata, rendendo gli sforzi del personale per convincerla diversamente, inutili. Le loro insistenze precipitavano spesso atti di ostilità e di violenza. Nubia preferiva giochi solitari nella libreria, andare in chiesa per partecipare alla preghiera o meditazione condotte dal Cappellano.

Le attività multi-sensoriali: visive, tattili, uditive che aumentano la comunicazione, la socializzazione, il movimento fisico e le abilità motorie, erano curativi per molti residenti, ma non per Nubia. La sua condizione peggiorava, non perchè lei non partecipava ai programmi, ma per la progressione del morbo di Alzheimer.

Michelle arrivò nel reparto memoria in anticipo per trascorrere un po' di tempo con la sua amica. Non riusciva a credere ai suoi occhi del declino fisico di Nubia.

"Ciao, Nubia" salutò l'amica, cercando di apparire allegra, "come stai?" Sapeva che era una domanda stupida e non si aspettava una risposta. "Oh Nubia, dimmi qualcosa" la pregò.

"Ciao, cara".

Pur consapevole del fatto che Nubia non si rendeva conto della sua presenza, Michelle si sentì sollevata dal suono delle sue parole.

Durante l'incontro col Dr. Ruben, Michelle fu messa al corrente delle condizioni di Nubia, e delle misure prese fino allora dal personale medico per assicurarle le cure migliori.

"Lo strascichio della sua andatura, tipico nella fase avanzata del morbo di Alzheimer" Dr. Ruben iniziò a spiegare, "insieme con la perdita di equilibrio, le causavano multiple cadute. Inoltre dovuto alla rigidità dei muscoli, Nubia diventò incapace di alzarsi o di rimanere in piedi e dopo una caduta rimaneva a terra fino a quando uno degli assistenti non la trovava, col tempo, anche lo stare seduta divenne pericoloso lo sporgersi in avanti o di lato la faceva cadere".

Dr. Ruben proseguì con l'aggiornamento in minuscoli dettagli: "Per cui si ritenne opportuno adottare misure protettive per prevenire danni a sé stessa, agli altri residenti e anche al personale. All'inizio provammo con il 'lap buddy' un cuscino con il sistema d'allarme per avvertire il personale, qualora Nubia si alzava o s'inclinava di lato, e assisterla. Purtroppo non funzionò, malgrado l'allarme, Nubia si alzava o si sporgeva in avanti o di lato per prendere qualcosa che credeva fosse a portata di mano e molte volte cadeva prima che uno degli assistenti arrivasse.

Infermieri e terapisti provarono altri mezzi di protezione come ad esempio la cintura di sicurezza con un sistema di allarme facile per Nubia da rimuovere senza causarle frustrazione che finivano con atti di violenza contro il personale

Le fornirono la Poltrona Motorizzata Elettrica Alzapersona che reclinata a 180 gradi le rendeva difficile alzarsi da sola, il letto fu provvisto con sponde anticaduta e a sera le lenzuole venivano rimboccate per impedirle di alzarsi da sola.

Col passare del tempo, però, le misure di protezione non furono più necessarie. Nubia sta deteriorando così tanto da non essere più in grado di muoversi da sola.

La massa corporea significativamente ridotta ha reso il suo corpo rigido quasi come quello di un manichino. Lei non può muoversi, alzarsi in piedi o rotolare nel letto senza l'aiuto di due persone. Necessita il cambio frequente dei pannoloni dovuto all'incontinenza urofecale.

Nubia non riesce più a masticare e anche la deglutizione è difficile e rischia il soffocamento o l'inalazione anche con pasti e spuntini pureed".

Michelle ascoltava con attenzione, cercando di capire e di assorbire tutte le informazioni che il medico le forniva.

"E con il rapido declino fisico il pericolo di infezioni letali, quale la polmonite, sono imminenti".

Il Dr. Ruben concluse l'aggiornamento sulla condizione di Nubia e con un tono di voce professionale aggiunse: "Per noi, è importante che lei comprenda i rischi e benefici delle terapie della Signora Kline e di essere coinvolta nelle sue cure".

Dr. Ruben le chiese se avesse bisogno di più informazioni, o avesse domande.

"Come potrei contribuire alle sue cure?" Michelle gli chiese.

"Nubia, avrà presto bisogno dell'intubazione tracheale e di una nutrizione parenterale completa" il dottore le spiegò, "e per questo abbiamo bisogno del suo permesso".

"Al momento dell'ammissione, vi abbiamo consegnato il DOT (disposizione anticipata di trattamento) che Nubia aveva preparato e autenticato quando era in buona salute. Io, come suo custode legale, desidero che mi assicurate che rispettiate la sua volontà" Michelle disse con enfasi e aggiunse: "Nubia nel DOT richiese di non usare misure mediche speciali per tenerla in vita, e dopo un lungo elenco di tali misure, Nubia completò il DOT: 'In caso di necessità, solo cure mediche palliative sono da impiegare quali i liquidi endovenosi per prevenire la disidratazione, e l'ossigeno'. Voglio che il processo della morte, pur assicurando il massimo comforto, avvenga nel modo più naturale possibile senza esami di laboratorio, nutrizione parenterale o intubazioni di qualsiasi tipo. Esattamente come la Signora Kline ha scritto nel DOT".

La sofferenza di Jane

Jane profondamente colpita dalla morte della sorella, per un lungo tempo, evitò d'incontrare i suoi amici, non poteva sopportare i loro sguardi di simpatia, teste abbassate o le loro domande con intonazioni esagerate, 'oooh, come staaaai?' Che non le servivano a niente ma solo a farla scoppiare in lacrime.

Jane non contattò nessuna delle amiche più care, che pur sapendo che avevano buone intenzione di aiutarla, non avevano idea di cosa fare o paura di fare o dire la cosa sbagliata.

'Ho bisogno di essere sola in questo momento' ripeteva a sè stessa. Anche se l'intensa sofferenza, le forte emozioni, la depressione, rabbia, senso di colpa e profonda tristezza sembravano schiazzarla, si allontanò dal social media. Non riusciva a rispondere ai messaggi di simpatia che gli amici e i conoscenti le lasciavano. Non riuscì nemmeno a chiamare Michelle, la sua amica più fidata, che sapeva della sua perdita e capiva la sua sofferenza senza bisogno che le spiegasse mai nulla.

Michelle anche se desiderosa di consolare la sua amica ed aiutarla nell'attraversare quel periodo buio, rispettava la sua volontà, segretamente contenta perchè anche lei aveva bisogno di essere da sola per esaminare i suoi sentimenti nei confronti di Paul.

Dopo un paio di settimane di auto-confinamento, Jane decise di riconnettersi con Michelle. Lo stare lontana da tutti, l'aveva aiutata a controllare la sofferenza ma era ora di ritornare alla vita.

Michelle non sapeva esattamente come comportarsi con Jane. Anche se la conosceva da sempre, aveva paura di usare troppa compassione o troppa indifferenza da farla sentire a disagio, 'io non sono brava a consolare le persone'.

Tuttavia, quando Jane le telefonò, dimenticò le sue paure di essere intrusiva o di dire la cosa sbagliata e raggiunse la sua amica che mai come allora aveva bisogno del suo amore e sostegno.

"Da quando i nostri genitori divorziarono, ho sempre pensato che mia sorella era una persona perfida" Jane confidò alla sua sua amica, dopo che si abbracciarono e piansero l'una nelle braccia dell'altra per un lungo tempo.

"Forse perché non la conoscevi abbastanza".

"Esattamente, e in tutti questi anni ho sempre pensato che anche lei mi odiasse".

"Un odio reciproco".

"Così pensavo ma ho scoperto che era una donna molto generosa".

Jane raccontò le buone azioni di Nadine che aveva sentito dal ministro al funerale.

>Appena incontravi Nadine, scoprivi che persone con un cuore grande, gentile e generoso esistono ancora in questo mondo. Lei possedeva un'abilità o talento unico per trasformare le cose brutte in quelle buone e le persone triste in esseri felici con azioni semplici come fare i biscotti per gli anziani, servire la mensa ai senzatetto, promuovere attività sociali tra i giovani e raccogliere fondi per una buona causa. Nadine si offriva per curare gli animali abbandonati, raccogliere la spazzatura nei parchi. Non dimenticava mai di complimentarsi con persone che conosceva o sconosciuti per il più piccolo atto di cortesia e quando in fila per la spesa o per sbrigare faccende in uffici lasciava passare avanti gli handicappati o chi aveva fretta.

Alcuni di voi potrebbero dire che sono piccole cose, ma sono proprio questi atti di gentilezza che ripristano la nostra fede nell'umanità e trasformano questo mondo in un posto migliorc.<

"Wow, questa descrizione di tua sorella così forte mi sta toccando il cuore".

"Questo è il motivo per cui mi pento così tanto d'averla ignorata e anche odiata per decenni. Questo è il motivo per cui la mia sofferenza sembra insopportabile" Jane, scoppiando in lacrime, le disse.

Michelle l'abbracciò cercando di trovare parole di conforto: "Son sicura che tua sorella, essendo una persona così generosa, ti abbia perdonata da lungo tempo. Forse aspettava solo una tua chiamata per riavvicinarsi o forse aveva altri motivi per rimanere fuori dalla tua vita. Comunque, sono sicura che ti ha sempre voluto bene e desidera che tu vada avanti e segui le sue opere" Michelle disse, rendendosi subito conto di come stava diventando troppo spirituale.

"Grazie" Jane rispose, grata per le sue parole.

Sedettero in silenzio, non sapendo cosa dirsi e come condividersi i sentimenti che ancora rimanevano racchiusi nei loro cuori, solo il tic-tac dell'orologio a pendolo era udibile fino a quando il suono dello scampanio del quarto d'ora le riportò alla realtà.

"E tu come stai? Hai scoperto nulla?" Jane provò a cambiare il soggetto della conversazione.

Michelle, sollevata dalle sue domande, le raccontò di come la sua indagine si era evoluta. Inoltre, su richiesta, l'aggiornò sulle notizie di Paul, del suo lavoro e dell'intenzione di andare in pensione presto. Non menzionò il rapporto romantico, percepì che l'attenzione di Jane, si era spostata di nuovo nella sua sofferenza.

"Ho messo tutto per iscritto, e ti porterò il rapporto quando ti sentirai meglio".

"Sarò felicissima di leggerlo" Jane disse con un tono di voce melanconico.

Michelle si alzò, e si diresse verso la porta, Jane rimasta seduta e ignorando il suo tentativo di lasciarla le chiese: "hai visto Nubia?".

"Sono andata a trovarla un paio di settimane fa, sembra che stia bene".

"Ti ha riconosciuta?".

"Non esattamente, ma era in grado di scambiare poche parole" Michelle ritornò a sedersi, e la informò sulle condizioni fisiche di Nubia nel modo più positivo possibile, senza mentire troppo, per salvare la sua amica da notizie più triste.

"La prossima volta che vai a vederla, vorrei venire anch'io".

Michelle cambiò la conversazione: "Sono stata alla riunione delle donne del club, tutte hanno chiesto di te".

"Di che cosa avete discusso?" Jane, che non era molto interessata, le chiese.

"Di come programmare le feste natalizie, ci sarà un altro incontro, il prossimo mercoledì, spero che tu sia in grado di parteciparvi".

"Sì, devo venire, non posso nascondemi per sempre" Jane, con voce tremante, rispose.

Questa volta, Michelle capii che, Jane era pronta per terminare la visita, l'abbracciò e uscì.

L'incontro del club

La sala della comunità era affollata per il tanto atteso meeting. Michelle sperava che la sua amica vi partecipasse. Dapprima non vedendola, si sentì po' nervosa ma quando si avvicinò al trambusto al centro della sala, notò Jane che calma e quasi sorridendo rispondeva alle domande che le donne intorno a lei le chiedevano.

Raccontava il tragico incidente nel quale sua sorella perì, descrisse la cerimonia del funerale, il pranzo di consolazione al quale tutti i presenti furono invitati e l'incontro con i familiari che non vedeva da lungo tempo. 'Sembra che stia superando il suo dolore' Michelle, felice per la sua amica, pensò.

Il presidente del club, dopo aver richiamato i presenti all'ordine disse: "So che siamo ancora in Agosto, ma per eseguire un piano ben organizzato e pubblicizzare le attività ci vogliono almeno tre o quattro mesi di lavoro. Abbiamo tanto da progettare prima che molti di noi partino per trascorrere le vacanze estive con le loro famiglie".

Continuò con la lista delle attività: l'illuminazione, la visita di Babbo Natale, le decorazioni della comunità, il pranzo per la festa del Ringraziamento e Natale, l'organizzazione della fiera natalizia per la quale Fourth Mile era giustamente nota nella città.

Il presidente concluse la lista dei programmi ricordando a tutti che i progetti dovrebbero essere realizzati entro la metà di novembre.

Il meeting durò circa due ore. Alla fine, i membri del club si divisero in teams, ognuna con un'attività specifica: raccogliere fondi per gli eventi, contattare aziende per decorare Fourth Mile, prenotare le bande per la musica e i canti natalizi, distribuire il calendario degli eventi ai residenti della comunità e alla stampa locale e aggiornare le informazioni sul sito fourthmile.com.

Il Capod'anno non fu dimenticato e come gli ultimi cinque anni sarebbe stato celebrato con un corteo lungo le strade del Fourth Mile che sarebbe culminata con l'abbassamento di una corona di luce sopra il colonnato dell'entrata.

La riunione si concluse come di consueto, prima di ritornare alle loro attività, i membri consumarono con avidità cibo e bevande e continuarono le loro conversazioni animate.

Sulla via di casa, Jane invitò Michelle per una tazza di tè. Mentre Jane preparava la bevanda, Michelle seduta al tavolo, era in dubbio se confidare all'amica la sua storia d'amore con Paul. Anche se tra loro era sempre stato naturale condividere i segreti, Michelle era a disagio nell'ammettere che era innamorata.

Lei che nel passato, non si era mai curata di amare forse perchè non ne aveva avuto l'opportunità, o incapace di un tale sentimento come l'amore. Sembrava fosse affetta dalla deprivazione emotiva che l'aveva sempre lasciata con una sensazione di vuoto, 'ma ora so che cosa significa amare'.

Michelle si chiedeva però se il tempo e luogo erano ideali per rivelare la sua storia d'amore a Jane.

"Michelle, cosa mi nascondi?" Jane, servendole il tè, improvvisamente le chiese.

A quel punto, fu chiaro che la sua amica sospettava quello che fermentava nel suo cuore e si sentì libera di spillare il suo segreto: "Ti ricordi Paul, il nostro mentore?".

"Certo, mi ricordo di lui, gli abbiamo chiesto di aiutarci nella nostra indagine. Allora cosa sta succedendo?".

"Beh, mentre ero lì, mi ha detto, che da quando mi incontrò la prima volta è sempre tato innamorato di me".

"Wow! Incredibile!" Jane sorseggiò il tè, non voleva assalirla con mille domande, sapeva che Michelle avrebbe preso un po' di tempo per esprimere i suoi sentimenti.

"Beh, ho scoperto che anch'io, senza saperlo, lo sono stata di lui". Bevve il suo tè: "sembra che la nostra relazione sia seria!".

"Questo è assolutamente meraviglioso!" Per la prima volta, dopo la perdita della sorella, Jane si sentì sollevata dalla sua angoscia. Si alzò e abbracciò Michelle, che grata di essere compresa, si liberò del suo senso di colpa. Le due amiche sembrarono ritornare le donne di un tempo piene di energia, entusiasmo e coraggio per andare avanti.

Dopo l'ultimo sorso del tè, esaurito ogni dettaglio della storia d'amore, decisero di ritornare al lavoro.

"la Nostra indagine ci attende" Jane, determinata a scoprire il passato di Nubia, disse.

"Paul ha scoperto che Maria il cui cognome è Guadalupe, visse con Nubia nello stesso orfanotrofio" Michelle riferì.

"Credo che il nostro prossimo passo sia quello di ritrovare Maria, quando l'avremo trovata, lei ci chiarirà il mistero".

Jane, si mise all'opera, navigò l'internet, rintracciò dei colleghi da tempo dimenticati, li contattò e grazie alle loro informazioni, trovò Maria Guadalupe, una ex terapista che viveva nell'Oasi, una casa per anziani a Napoli, nel Sud-Ovest della Florida.

Jane e Michelle presero l'aero che le portò all'aeroporto internazionale di Fort Myers, affittarono una macchina e si diressero all'Oasi.

All'arrivo, dalla reception, dopo le formalità furono accompagnate nella sala da pranzo della Clubhouse, dove alcuni residenti gustavano il pranzo e conversavano con gli amici.

L'assistente che le accompagnava le presentò a Maria, spiegandole il motivo della loro visita.

La vecchia signora, sulla settantina, con occhiali da vista con lenti spesse che non sembrava migliorare la vista di molto, indossava un abito di cotone che sembrava troppo grande per lei e una sciarpa di colore arancione intorno al collo, i capelli bianchi come la neve raccolti in una crocchia, li invitò nel suo appartamento. Fece strada alle sue ospiti con una andatura traballante, forse dovuta alle articolazioni artritiche e alla vista povera.

"Allora, volete che vi parli di Nubia?" Maria, dopo che tutti e tre erano comodamente sedute nel salotto, chiese.

"Sì, per favore, siamo venute da Iowa per questo".

"Ma prima vorrei sapere come sta e cosa fa".

Michelle aggiornò Maria sulle condizioni di Nubia cercando di minimizzare la gravità della sua salute fisica. Maria ascoltò con attenzione mentre le lacrime le appannavano gli occhiali, li rimosse mostrando le rughe profonde che le scalcavano il viso, da sembrare come se il cranio non potesse più trattenere la pelle.

Tuttavia, la sua flessibilità e linguaggio articolato erano ancora l'eco della giovinezza mai persa.

Michelle avrebbe voluto avere il potere magico di strapparle via quel viso rugoso per vederne il volto della ragazza di tanti anni fa.

"Vi dirò tutto quello che mi ricordo" Maria annunciò, "voglio però che ascoltiate senza interrompermi, senza fare domande fino a quando non abbia finito".

"D'accordo!" Michelle e Jane risposero all'unisono.

L'orfanotrofio

Maria Guadalupe sembrava prendesse tempo nel prepararsi a condividere i suoi ricordi. Continuava a cambiare posizione nella poltrona in cui sedeva, mentre la curiosità di Michelle e Jane cresceva esponenzialmente fino al punto che credevano di non essere più in grado di contenerla, ma presto si rilassarono, vedendo Maria, che dopo un ultimo cambio di posizione, iniziò il suo racconto.

Sono cresciuta con Nubia nell'orfanotrofio di St. Joseph in Los Angeles. Abbiamo frequentato le scuole e imparato a lavorare insieme. Sin dalla più tenera età diventammo amiche inseparabile, condividevamo i nostri segreti più intimi, i sogni, le insicurezze e paure. Eravano sempre l'una per l'altra pronte a diferderci da pericoli e ingiustizie, e ad incoraggiarci a vicenda durante lo sviluppo fisico e mentale.

Tuttavia, l'orfanotrofio non era un luogo confortevole in cui crescere. Eravamo confinate in piccoli spazi, secondo il peso e l'altezza del corpo dormivamo in due o tre in un lettino.

Nonostante le donazioni di molti benefattori per sostenere l'orfanotrofio, il cibo era scarso e i nostri bisogni più fondamentali ignorati. A causa del sovraffollamento, le condizioni di vita erano dure e così inadeguate.

Sì, certo, gli ispettori statali venivano di tanto in tanto a controllare le nostre condizioni di vita, ma non trovavano mai delle discrepanzie. Le suore che immancabilmente venivano avvertite in anticipo da altri orfanotrofi e strutture simili, sapevano come nascondere le condizioni miserabili in cui ci tenevano.

Prima che gli ispettori arrivassero, ci vestivano con vestiti nuovi o ben lavati e stirati, mettevano bambole o altri giocattoli sui letti, e preparavano dei pasti nutrienti. Ci istruivano, con un tono di voce severa, di sorridere e di non rispondere alle domande che gli ispettori potessero chiedere durante il controllo. Le suore si dichiaravano felici di essere al servizio delle 'bambine che Dio aveva loro affidate'.

Subito dopo la visita di controllo, il cibo delizioso scompariva dalla tavola come pure le bambole e altri giocattoli dai letti e non ci rimaneva che mangiare il pane vecchio di settimane, terribile a vederlo e disgustoso a mangiarlo.

Le percosse con le cinghie, socialmente accettabile e normale in quei giorni, erano le solite punizioni per le minime trasgressioni delle regole severe dell'orfanotrofio, come far cadere il cibo dalla bocca o un cucchiaio durante i pasti, di prendere troppo a lungo per vestirsi o usare il bagno.

Di notte, le monache ci svegliavano in continuazione per controllare i nostri letti per 'incidenti' e punire le 'pisciacchione' con le cinghie che pendevano insieme al rosario dalle loro cinture.

la vita era programmata nei minimi dettagli senza eccezioni. Anche se eravamo malate, dovevamo alzarci, lavare il viso, mangiare la prima colazione, andare alle lezioni e partecipare alla ricreazione, qualsiasi deviazione veniva punita.

Se qualcuna di noi era in ritardo per il pranzo, non importava il motivo, il cibo ci veniva tolto, non accettavano scuse, erano incapace di perdonare o dimenticare il 'malefatto' anche delle più piccole, crescevamo nella timidezza e trascurate dalla società.

Ricordo quella volta, mi sentivo così male che nonostante fossi consapevole delle punizioni e la fame che mi divorava non fui in grado di andare per la cena. Nubia mi portò un pezzo di pane che nascose nella tasca, purtroppo le suore la scoprirono e fummo punite severamente, per cinque giorni mangiammo in ginocchio nel mezzo della mensa.

A volte, le monache rimandavano le punizioni al venerdì, il giorno in cui facevamo il bagno, ci colpivano con le cinghie quando eravamo ancora gocciolante d'acqua per ingliggerci più dolore, lo facevano 'per il nostro bene' dicevano.

Nel corso degli anni, alcune bambine furono adottate. La maggior parte rimasero nell'orfanotrofio, fino alla maggiore età, lavoravamo nei campi per pagarci vitto e alloggio.

Una volta alla settimana, i visitatori sembravano invadere l'orfanotrofio cercando una bambina da adottare. Le più piccole erano felice di trovare una 'mamma e un papà'. Quelle più grandi, in particolare quelle provenienti da famiglie disfunzionali, non lo erano, prevedendo che la vita con una nuova famiglia non sarebbe stata meglio di quella che vivevano.

A volte, molte adozioni fallivano a causa della situazione finanziaria della famiglia adottiva, di problemi di salute o per il carattere dell'adottata che non combaciava con la nuova famiglia. Quando le adozioni fallivano, le ragazze ritornavano a St. Joseph solo per passare attraverso un altro tentativo di adozione.

Il nostro orfanotrofio però non era solo un luogo per giovani coppie, che cercavano di adottare la bambina 'giusta'. Era anche il luogo dove uomini senza scrupoli, di solito accompagnati dal sacerdote, in cerca di ragazze più grandi da 'comprare' per il loro traffico di prostituzione.

Ricordo, Nubia ed io, all'età della pubertà, snelle, con seni appena sbocciati, col corpo eretto ed orgoglioso camminavamo come giovani cadetti, fummo avvicinati da loro. Cominciarono a palparci le spalle, e poi le mani scesero giù sul sedere, e quando istintivamente ci tirammo indietro, 'non essere timide' ci dissero, cercando di toccarci il petto.

'Sono troppo giovani, forse la prossima volta' Padre Luis, venuto in nostro soccorso, disse loro.

Mi sentii violata e al tempo stesso così colpevole da volermi suicidare.

'Tu sai che è un peccato mortale' Nubia mi ricordò.

'Ma vivere così, potrei commettere un sacco di peccati mortali' le risposi.

Eravamo stanche delle percosse, delle punizioni, e molestie sessuali, decidemmo di fuggire, per trovare la nostra strada nella vita. Sapevamo che sarebbe stato difficile trovare un alloggio, un posto di lavoro e di completare la nostra educazione.

'Voglio frequentare l'università, e voglio aiutare queste bambine, le nostre sorelle ad uscire da questo inferno'.

Un giorno, suor Lea, una delle suore secolare: una suora accettata nell'Ordine senza dote, sembrò leggere le nostre menti e ci diede un consiglio su come perseguire i nostri sogni.

'Dovresti dire alla Madre Superiora che sentite la Chiamata di Dio e che volete abbracciare la vita religiosa per aiutare la missione di Cristo'.

Il consiglio funzionò a perfezione, dopo aver parlato alla Madre Superiore, usando le parole che suor Lea ci aveva suggerito, la nostra vita cambiò dalla notte al giorno. Entrambe fummo trasferite al noviziato situato al terzo piano, nella stessa stanza. Per la prima volta, ognuna aveva un letto, due cambi di vestiti nuovi e su misura per noi.

I vestiti anche se ben distinti da quelle delle laiche non erano ancora come quelli che indossavano le suore. Le percosse finirono, e mangiavamo bene e fummo ammesse al liceo. La vita, finalmente ci sembrava buona, almeno pensavamo così.

Nei anni 60', l'orfanotrofio di St. Joseph, come la maggior parte degli altri orfanotrofi del paese, chiusero i battenti. I motivi che contribuirono al loro declino furono molteplici: molti orfanotrofi erano a corto di personale, e il concetto dell'affido famigliare diventava popolare nella convinzione che la cura dei bambini orfani o abbandonati fosse più economica, personalizzata ed efficace. Inoltre le case famiglie erano in grado di curare dieci volte il numero dei bambini degli orfanotrofi.

Un altro elemento fu che gli edifici molti dei quali vecchi e decadenti furono ristrutturati in conformità con i nuovi codici di prevenzione incendi e adibiti a scopi diversi come cliniche psichiatriche, o centri di sviluppo per bambini handicappati che tra l'altro assicuravano un incentivo economico molto più alto.

La nuova vita

Maria dopo un attimo di pausa riprese il suo racconto. Mentre parlava, l'espressioni facciali rivelavano le emozioni che i suoi ricordi le causavano nel cuore: il piacere con un sorriso; il dolore e rabbia con l'aggrottare delle sopracciglia.

"Avete bisogno di un bicchiere d'acqua?" Jane, interrompendo il suo monologo, le chiese.

"No, grazie" Maria immersa nel passato, sembrava affetta dalla logorrhea; non aveva bisogno d'acqua, ma di continuare la sua storia.

La vita del noviziato, sotto la stretta supervisione della maestra delle novizie e la guida del padre spirituale, era programmata nei minimi dettagli. Lo studio teologico, la messa quotidiana e le prove di umiltà erano impostate per prepararci alla vita religiosa e ad abituarci a vivere nell'obbedienza; gli esercizi spirituali per iniziarci alla contemplazione. L'obiettivo della nostra educazione era quello d'imparare a tacere, pregare e approfondire il rapporto con Dio per trovare il suo amore e trasformarlo in una passione per tutta l'umanità.

Ci chiamavano le future 'Spose di Cristo', un nome che ci rendeva orgogliose e convergeva la nostra sessualità nell'amore di Gesù.

Nubia ed io, ci incoraggiavamo a vicenda sopratutto nei momenti più difficili o nel prendere decisioni pericolose e mai abbiamo mentito per un guadagno personale.

Dopo il diploma della scuola superiore con grande sorpresa e gioia, fummo assegnate a visitare e a lavorare nella comunità in diverse strutture quali gli ospedali, ospizi, quartieri dei senzatetto, mense e scuole per sperimentare e capire meglio la nostra vocazione e attitudini.

Arrivò quel giorno tanto atteso che inginocchiate davanti all'altare pronunciammo i voti temporanei di Castità, Obbedienza e Povertà. Eravamo pronte, come Nubia diceva, a cambiare il mondo.

Facemmo i nostri voti per imitare il nostro salvatore Gesù: la Povertà per essere libere dalle cose materiale per servire i nostri fratelli; la Castità, per liberarci dalle esigenze di una relazione esclusiva per amare Dio, e attraverso lui, il mondo intero; l'Obbedienza per ricercare tramite la legittima volontà dei superiori, secondo le costituzioni dell'Ordine, la volontà di Dio.

Prima dei voti temporanei, era d'obbligo di prendere un nuovo nome, come simbolo dell'inizio di una nuova vita. Tuttavia, io non l'ho dovuto fare perchè 'Maria' è il nome più adatto per una suora. Ma a Nubia, il cui nome di origine Egiziana che significa oro, così in contrasto con il suo voto di povertà, le imposero il nome di Suor Angela.

Ricevemmo l'abito dell'ordine che indossammo fino a quando lasciammo il convento. La tunica, in pesante tessuto, largo con pieghe davanti e dietro che arrivava a terra con una cintura in pelle, la cuffia bianca di cotone, che ci copriva il collo e metà guance. Lo scapolare, una sorta di grembiule indossato sopra la tunica e il velo bianco appuntato sopra la cuffia.

Ci fu dato una croce da appendere al collo, e un rosario in legno con i collegamenti in metallo da appendere alla cintura con piccoli ganci.

Dopo i voti, fummo ammesse all'università, Nubia prese gli studi di psicologia ed io quelli di psicoterapia, entrambe le professioni altamente richieste nel nostro nuovo centro di cura per handicappati.

I corsi all'università non ci dispensarono da quelli di teologia. Sotto la guida del padre spirituale assegnatoci, dovemmo continuare la nostra educazione religiosa in preparazione per i nostri voti solenni.

Il primo anno di università fu per noi come una scoperta di un mondo che non sapevamo esistesse. I nostri interessi intellettuali e i valori della nostra vita cambiarono al contatto con nuovi concetti e teorie. Imparammo nuovi modi di gestire le nostre emozioni, come la rabbia e il desiderio sessuale. Ma più di tutto, l'esposizione al mondo accademico e ai giovani, della nostra età, ci aiutarono a scoprire la nostra vera identità e la risposta alla domanda 'chi sono io?' che da sempre ci tormentava.

Ci rendemmo conto che non esistevamo per obbedire a persone che si consideravano messaggeri di Dio per rinforzare e controllare la nostra adesione ai voti di castità, povertà e obbedienza al punto da renderci pazze. Sentimmo il bisogno di essere considerate persone e non 'strumenti' di Dio usate secondo la volontà di individui in controllo della nostra vita.

Ci liberammo dalla convinzione, incise nei nostri cervelli fin dalla prima infanzia, che il paradiso e l'inferno erano veri e propri luoghi, dove le persone, dopo la morte, vanno in base alle loro opere: i buoni e obbedienti al Paradiso per accedere l'eterna felicità e i cattivi e disobbedienti all'inferno condannati nel fuoco eterno.

Per la prima volta, capimmo che durante tutta la nostra vita eravamo state sfruttate per sesso e lavoro. La promessa di Padre Luis di assicurarci un posto in paradiso e la sua minaccia, dal tempo della pubertà, che saremmo state condannate nel fuoco dell'inferno se rifiutavamo o riportavamo le sue 'carezze d'amore' erano semplicemente abusi sessuale.

Assegnate a pulire l'appartamento dei sacerdoti, a lavare e stirare le loro tuniche e pantaloni e a preparare loro da mangiare senza orari fissi ogni giorno, non erano atti di obbedienza, ma di schiavitù.

Quando Suor Angela riferì alla Madre Superiora gli abusi, la madre divenne furiosa, accusandola di comportarsi in modo provocante con Padre Luis, 'un uomo Santo', nel modo in cui camminava, lo guardava, e gli parlava. 'Dovresti rispettare e obbedire Padre Luis, che ti dà la santa comunione ogni mattina e ti assiste nel progresso della tua vita spirituale' la Madre Superiora la rimproverò.

Solo molto tempo dopo, abbiamo saputo che anche la madre superiora e le altre suore erano state vittime di abusi sessuali. Era una 'macchia' che dovevano mantenere segreto, Avevano bisogno di tacere per salvare la congregazione dalle ripercussioni. Alcune monache avevano contemplato l'idea di lasciare il convento, ma non avendo alternative come un posto dove andare o un lavoro per sostenersi, erano costrette a subire in silenzio gli abusi. I sacerdoti e il vescovo della nostra diocesi soffocavano la loro voce e in caso di gravidanze, le monache dovevano terminarle in segreto. Nubia prese la cosa nelle sue mani.

Maria Guadalupe interruppe il suo racconto, appariva esaurita.

"Ho bisogno di riposare" disse rifiutando ancora una volta il bicchiere d'acqua che Michelle le offriva.

Back-flash

Dopo aver promesso a Maria che sarebbero ritornate il giorno dopo, Michelle e Jane lasciarono l'Oasi e fecero il check-in in un hotel a pochi chilometri lontano. Presero due camere con le porte che si affacciavano sullo stesso corridoio per essere da sole e nello stesso tempo vicine in caso desiderassero condividere i loro sentimenti,

Jane aprì la sua e-mail e la sua attenzione immediatamente cadde su quello di sua nipote Eva.

>Come esecutore del testamento di mia madre, sono responsabile di rispettare la sua ultima volontà. Ti ha lasciato la collana di perle che era appartenuta a tua madre. Nadine Washington, nel suo testamento ha dichiarato che lei non rubò la collana, come tutti furono convinti, ma fu un dono di sua madre.

Fatemi sapere se volete che ve la spedisca per posta o se volete che ve la consegni a mano.<

Jane si sentì stordita e confusa, il passato, come il vento di un tornado, turbinava intorno a lei.

"È tutta colpa tua ... sei una brutta vecchia strega ... sei un p.." Nadine urla a sua mamma.

"Basta così, non ti permetto di mancarmi di rispetto".

"È tutta colpa tua ... vado via, non voglio vederti mai più!" Nadine urla più forte che mai.

"Ti sbagli; Papà ha tradito la nostra madre ..." Jane cerca di difendere la sua mamma.

Sua sorella scaraventa a terra la foto di famiglia appesa sulla parete del soggiorno.

"Ma che stronzata che dici … vado a vivere con papà, lontana da voi streghe" ridendo come una adolescente insensata, Nadine va al piano di sopra nella sua stanza.

Il cellulare ronzava senza sosta, Jane ritornò al presente e rispose: "Sì, Michelle, ci vediamo per la cena nella sala da pranzo … Sì, anch'io ho fame!".

Provò a prepararsi per la cena, ma ancora una volta il passato come un turbine la investì.

"Mamma non piangere; io rimango con te fino a quando ne avrai bisogno, ti voglio tanto bene".

"Lo so, anch'io ti amo tanto, ma nessuno e niente può sostituire la perdita di un figlio".

Jane si sente perduta; Nadine esce dalla sua camera con due bagagli e un paio di scatoloni legati con delle cinghie, che porta ad uno ad uno al piano di sotto.

"Aspetta" la mamma le dice prima che esca dalla casa.

"Ho da dirti qualcosa in privato".

Nancy e Nadine entrano nella camera da letto, Jane spera che sua sorella rimanga, ma dopo una decina di minuti, Nadine esce di casa, carica la sua roba in macchina, e parte.

Jane entra nella camera della madre e trova l'armadio e la cassetta di sicurezza aperti e il tavolo di vanità in disordine. 'Sembra come se qualcuno abbia svaligiato la camera' Jane pensa sentendosi sconvolta con una rabbia incontenibile.

"Che cosa è successo? Avete lottato? Ti ha rubato le perle?" chiede.

Nancy rimane in silenzio senza piangere e sussurra: "È finita. È andata via!".

Entrando in camera sua Michelle controllò il suo telefonino e il messaggio 'ti amo' di Paul la sollevò dalla tristezza che il racconto di Maria le aveva lasciato nel cuore. Si spogliò, lasciando i vestiti sparpagliati sul pavimento, riempì la jacuzzi con acqua calda e vi s'immerse.

"Ciao! Come stai?".

"Bene, ma mi manchi così tanto!" Paul rispose.

Dopo i soliti saluti, Michelle lo aggiornò sull'incontro con Maria.

"Gli abusi di quel tempo, che purtroppo esistono anche oggi, non sono solo incredibili ma inconcepibili per una mente normale" Michelle, rattristata, commentò, "Maria non è riuscita a finire il suo racconto; è stata sopraffatta dall'emozione nel rivivere le sofferenze che con Nubia ha dovuto subire, la vedremo di nuovo domani per la seconda parte”.

Michelle e Paul continuarono la conversazione per lungo tempo, condividero i loro sentimenti, la tristezza che la lontananza procurava loro e il piano di ritornare insieme.

“Forse quando vado in pensione” Paul disse.

“Che sarebbe?”.

“Forse, alla fine di Gennaio”.

“Devo andare, l’acqua si sta raffreddando, e mi devo preparare per andare a cena con Jane”.

“Mi stai tentando! Vorrei essere lì per aiutarti”.

Michelle, dopo che si fu vestita e leggermente truccata bussò alla porta della camera dell’amica. Il leggero toc-toc riportò Jane al presente e le vollero alcuni minuti per aprire la porta.

“Stai bene? Come mai non ti sei ancora cambiata?” Michelle chiese un po’ allarmata.

“Tutto a posto, non ho bisogno di cambiarmi vengo così”.

Durante la cena, le due amiche rimasero in silenzio, ogn’una immersa nei propri pensieri più profondi.

“Ho capito cosa è successo quel giorno!” Jane, all’improvviso esclamò. Gli ospiti del tavolo accanto la guardarono perplessi,

“Scusatemi pensavo di parlare tra di me” Jane si scusò.

"Mi stai incuriosando, cosa hai capito?" Michelle le chiese.

"Al tempo del divorzio dei miei genitori" Jane spiegò all'amica: "Nadine diede la colpa a nostra mamma per la divisione e decise di andare a vivere con papà mentre io convinta che la colpa fosse di nostro padre, che per tanti anni aveva tradito sua moglie, rimasi con mia madre".

Jane sopraffatta dal peso dei ricordi desiderò, per un attimo, cambiare argomento, ma sapeva che parlarne l'avrebbe forse aiutata a guarire dalle vecchie ferite, diventare più forte, essere in grado di perdonare, e forse riconnettersi con la famiglia dalla quake si era allontanata.

Michelle rimase in silenzio per darle modo di esprimersi nel modo più opportuno.

"Quel giorno, prima, che Nadine uscisse di casa, la mamma la portò nella sua camera, c credo che le regalò la collana, di perle, forse sperando di mantencre il 'filo' dalla rottura totale".

Jane fece leggere l'e-mail di Eva alla sua amica, "Ho sempre pensato che Nadine avesse rubato la collana dalla mamma, il chè mi ha fatto sempre sentire vittima di un'ingiustizia. La collana, essendo un cimelio di famiglia tramandato per generazioni dalle promogenite, mi apparteneva".

"Ora è tua, e penso che tua sorella ti ha fatto giustizia".

Per la prima volta, dopo la separazione dalla famiglia, Jane si sentì sollevata dal rancore che aveva coltivato da anni.

"Penso di invitare Eva, per natale, così potrà portarmi la collana".

"Credo che sia una splendida idea, sarà il tempo giusto per riavvicinarvi e perdonarvi".

La rivelazione

Il mattino dopo, Jane si svegliò di buon umore, entusiasta di cominciare un nuovo giorno, si fece una doccia, 'la collana di perle è finalmente mia, la mamma la diede a Nadine con la speranza di non dissolvere il legame che ci univa, ed ora che il cimelio mi sta ritornando sento che la sua speranza si sia avverata'.

Jane inviò un e-mail a sua nipote:

>Mia cara, sarei molto grata se vieni di persona a consegnarmi la collana. Sarebbe così bello rivederti.<

Poi si preparò per la colazione con Michelle per poi ritornare a Maria per ascoltare il resto del suo racconto.

Michelle, dopo una notte insonne pensando alla storia di Nubia, si alzò presto, per rileggere il diario e capirne il significato

Alle prese con i miei sentimenti,
——non hanno mai smesso di scolpirmi
– – – – – vergogna e inadeguatezza mi
hanno impedita di andare avanti ———

——— la depressione, l'ansia, mi
hanno spinto in attività cattive ———.
Non avevo autorità nè il diritto di
farlo,—— – il mio cervello plasticato
riparato in parte dagli abusi subiti, era
come se non pensasse che agli uomini
— una volta fuori nella strada, suoni,
odori ed imagini

apparivano diversi e promettenti.
——— non mi poteva proteggere;
era anche lei una delle loro prede.

'Questa volta, il suo scritto ha senso' Michelle disse a sè stessa, 'Nubia documentò nel suo diario i soprusi e le sofferenze subiti dall'infazia alla vita adulta'.

Le due amiche si incontrarono nella sala da pranzo per una colazione nutriente e per parlare dei loro sentimenti e pensieri che avevano popolato le loro menti. Poi fu il momento di ritornare da Maria. Sulla strada per l'Oasi, si fermarono per comprarle dei fiori e una scatola di cioccolatini.

Maria le aspettava nell'atrio per paura che non riuscissero a ritrovare il suo appartamento. Nel ricevere i regali che Michelle e Jane le portarono, scoppiò in lacrime.

"Siete degli angeli, grazie! È stato così lungo da quando qualcuno mi ha dato dei fiori, grazie!" Maria ripetè più volte, mentre con la sua andatura instabile le precedeva nel suo appartamento.

Dopo esaurite le formalità, si accomodarono negli stessi posti del giorno prima. Maria, senza alcuna sollecitazione continuò il suo racconto.

'Non riuscivo a ottenere giustizia in nessun altro modo', Suor Angela mi disse quella notte, appariva così serena quasi in uno stato di grazia. Che cosa hai fatto? Le chiesi

'Ho fatto ciò che avrei dovuto fare da lungo tempo' mi rispose, 'Ho preso tempo cercando di rinforzare la volontà e convincere la mia coscienza di porre fine all'ingiustizia. Sì, è sbagliato, ma è stata una vendetta giustificata'.

Mi apparve mentalmente libera, calma e risoluta, nessun segno d'ansia, paura o sorpresa.

'Ho progettato la mia vendetta nei minimi dettagli' continuò, 'il tempo e il luogo, gli promisi un triangolo sessuale tra noi due e lui. Ci aspettava nella stalla per una esperienza indimenticabile, invece, ha incontrato i rebbi del rastrello. Ora sta riposando prono nella stalla. I suoi occhi protudi nel fuoco eterno dell'inferno!' Si mise a ridere, ed io risi con lei, sperando che quello che aveva detto fosse solo uno scherzo.

Tuttavia il giorno successivo, l'intensa commozione nel convento. L'arrivo della polizia, dell'autoambulanza e dell'auto del anatomopatologo mi fecero capire che aveva detto la verità. Perché l'hai fatto, suor Angela? Le chiesi.

'Il mio nome è di nuovo Nubia; mi hanno cambiato il nome perchè fossi l'angelo della morte' mi rispose.

L'indagine fu lunga e noiosa, ma nessuno nella comunità, pur sospettando la verità, puntò il dito su Nubia.

La coscienza umana, a volte, è misteriosa. Tutti, dalla madre superiora alle suore laiche divennero abbastanza brave nell'arte di mentire. Non provammo alcuna colpa, piuttosto, eravamo felice di essere state liberate da Padre Luis, il nostro predatore, che finalmente trovò la morte che si meritava. Tutti pregammo per la sua anima.

Io e Nubia lasciammo la vita religiosa subito dopo, fu un periodo incerto, anche se, Nubia, possedeva abbastanza soldi per sostenerci un mese o due, 'ho ripulito la cassetta della madre tesoriere' mi spiegò. Avevamo bisogno di un alloggio e un lavoro per sopravvivere. Fu un'esperienza terribile. La gente ci consideravano un'anomalia, il che rendeva difficile trovare un lavoro o una casa. Incontravamo gente dai sorrisi falsi che ci confondevano.

A domande come 'da dove venite?' o 'Che esperienza avete?' Rispondevamo che avevamo vissuto e lavorato in un orfanotrofio e poi in un convento, ma per un motivo inspiegabile la gente rifiutava di affittarci una stanza o di darci un lavoro.

Sembra che la vita in orfanotrofio e nel convento non rientrava nei parametri di accettabilità.

Un giorno, a tarda notte, sedute su una panchina in un parco quasi deserto, scoraggiate e deluse pensando a cosa fare, due ragazzi si avvicinarono, erano bellissimi, di statura media, spalle larghe, con la barba sottogola, con dei baffi sottili, indossavano jeans e T-shirt che mostravano il rigonfiamento dei muscoli atletici con tatuaggi come XV3, X8 seguiti da 3 punti. Avevano un medaglione d'oro che gli pendeva dal collo e scarpe oxford.

'Io sono Miguel Rodriguez, il boss del 18th Streeters, e lui è Jawun Cortez, il mio amico e assistente. Se non hanno alcun posto dove andare, ci seguano' Miguel, con molta autorità, ci disse.

Esitammo per un po', avevamo paura di fidarci di quei estranei; tuttavia, non avendo altra scelta, li seguimmo.

Ci portarono a casa loro, Nubia ed io ci tenemmo vicine l'un l'altra pronte a difenderci in caso cercassero di violentarci, ma con tanto sollievo, ci dettero da mangiare e un posto dove dormire.

Nei giorni seguenti, scoprimmo la cultura della droga e dell'amore libero. Non ci volle molto per innamorarci, Nubia di Miguel, ed io di Jawun.

A questo punto, Maria non riusciva a fermare le lacrime che liberamente cadevano sul viso, prese un fazzolettino di carta dalla scatola sul tavolinetto accanto alla sua sedia e si soffiò il naso.

"Se è troppo doloroso, non è necessario che continui" Jane le propose.

Maria non rispose, si alzò e lasciò il soggiorno.

La vita con la banda

Michelle e Jane rimaste da sole si guardarono con aria interrogativa, si alzarono per osservare da vicino gli oggetti e le foto che decoravano il soggiorno.

"Sono sicura che ognuno di questi abbia un significato particolare per lei".

"Lo credo anch'io, guarda questa foto, scommetto che questa bella ragazza sia lei con Jawun, erano una coppia meravigliosa" Michelle commentò.

Jane non ebbe il tempo di rispondere, Maria ritornò a sedersi, con gli occhi lucidi.

"Per favore, non guardatemi così, sono ancora in lacrime, ma queste sono lacrime d'amore; d'amore per mio Jawun" Maria spiegò.

Respirò profondamente un paio di volte e disse: "Vorrei tanto riaverlo con me!" E continuò il suo racconto.

Non so come si possa vivere in mezzo a tante attività criminali come furti, omicidi, traffico di droga e armi, violenza sessuale, ed estorsioni, chiedevo a Nubia durante le prime settimane con i 18th Streeters.

'Mia carissima, questo è l'essenza di una gang, noi abbiamo vissuto in un luogo e con delle persone che molti consideravano sacri, ma che mi ha trasformata in un assassina' mi rispose, 'qui in mezzo ai criminali stiamo scoprendo l'amore'.

The 18th Streeters, divenne la nostra famiglia; non eravamo amate solo dai nostri Miguel e Jawun, ma da tutti i membri della banda che facevano il loro meglio per aiutarci nella nostra nuova esistenza.

Non ho mai dimenticato quel giorno, quando Miguel arrivò a casa al volante di una nuova Lancia Strato, suonò il clacson fino a che Nubia ed io uscimmo fuori. Miguel saltò fuori 'ecco la tua auto' disse a Nubia lanciandole le chiavi.

Nubia era ancora confusa e incapace di aprire bocca, quando ci giunse il suono di un altro clacson, era Jawun al volante di una Pantera, e come il suo amico, saltò fuori 'questa è la tua macchina' mi disse dandomi le chiavi, fu il mio turno di rimanere confusa e senza parole.

Infine, mentre entrambi gli uomini crepavano dalle risate, ritrovammo la parola, 'ma io non so guidare' disse Nubia 'neanch'io' le feci eco.

'Vi insegneremo' risposero.

'A proposito, Nubia questa è la tua patente di guida, Maria, e questa è la tua' Miguel sempre ridendo come un matto ci consegnò i documenti. 'Voi ragazze avete bisogno di queste macchine per lavoro' Miguel ci spiegò.

La vita diventò avventurosa; ogni notte, ognuna di noi, con il nostro uomo accanto guidavamo per le strade vuote di Los Angel fino a quando diventammo guidatrice esperte.

Diventammo soci della Gang, il nostro lavoro consisteva nel consegnare pacchi che, solo più tardi abbiamo saputo che contenevano armi e / o droghe, a persone sconosciute in luoghi diversi. Ricevevamo soldi per la merce in buste chiuse che ci era vietato aprire e di portarle direttamente a Jawun, che era il tesoriere della Gang.

Per la prima volta, eravamo indipendente, il nostro solo obbligo era quello di compiere il nostro lavoro, ma non avevamo bisogno del permesso di nessuno, di come spendere i nostri soldi, di come vestirci o di cosa mangiare. Ci piaceva viaggiare e scoprire posti che non sapevamo nemmeno che esistessero, fumare marijuana e bere alcool.

L'unica cosa che da tempo offuscava la nostra felicità era quella di non essere più in grado di completare i nostri studi universitari. Quando abbandonammo il convento, ci mancavano solo un paio di semestri dalla laurea.

'Ho bisogno che portiate questo pacchetto al Signor DeBois' Miguel, un giorno, ci ordinò.

Ci sembrava insolito di ricevere un tale ordine, di solito, era Jawun che ci assegnava alle operazioni, ma non protestammo, sapevamo che il nostro uomo era, secondo l'etica della banda, onesto e agiva sempre con uno scopo ben preciso.

'Vestitevi elegantemente come signore dell'alta società e assicuratevi che lui firma la ricevuta' aggiunse.

Il che ci sembrò ancora più strano, mai prima d'ora ci era stato chiesto di far firmare la ricevuta ai clienti per le merci che consegnavamo.

Nubia ed io vestite elegantemente fummo ricevute dal Signor DeBois nel suo ufficio. Consegnammo il pacchetto, del peso di circa due chili, e gli chiedemmo di firmare la ricevuta, al che, egli, in un primo momento, rifiutò, 'dal quando sono in affari con la vostra ditta non ho mai mai dovuto firmare una ricevuta' protestò.

Nubia gli si avvicinò con atteggiamenti sensuali che nessun uomo era capace di resistere e lo convinse a firmare: 'Le saremo per sempre grate se firmasse, siamo nuove, questa è la nostra prima missione e il nostro capo vuole assicurarsi che questo pacco le sia consegnato di persona'.

Prima di riportare la ricevuta firmata a Miguel, la leggemmo:

- Io Robert DeBois, confermo che ho ricevuto un pacchetto contenente 2,000 grammi di marijuana per 640 dollari-.

Una settimana più tardi, Nubia ricevette la laurea in Psicologia. ed io quella in Psicoterapia. Il

Signor DeBois, presidente dell'università di Los Angeles, le consegnò a Miguel, in cambio della ricevuta firmata.

Negli anni successivi non ne avemmo alcun uso delle nostre lauree, ma come Miguel ci disse, diventarono lo strumento per assicurarci un avvenire.

A quel tempo, ci sentivamo sicure nella nostra Gang e pensavamo che mai ci saremmo distaccate. Eravamo orgogliose di appartenere alla 18th Street Gang, una banda senza pregiudizi che accettava membri di ogni razza e nazionalità. La 18th Street Gang, era e lo è ancora oggi, una banda con fort legami con i drug cartels in Sud America, con le gang mafiose nelle carceri e con molte street gangs Afro-Americani.

Dopo che Miguel fu ucciso a causa della rivalità con la banda dei Crisp, Nubia, considerata colpevole dcl coflitto era ricercata dal capobanda dei Crisp. Con l'aiuto di alcuni membri scomparve durante la notte, e nessuno, neanch'io, la sua migliore amica, ha mai più saputo della sua sorte.

Pochi mesi dopo, Jawun finì in carcere. Sapeva che alcuni membri l'avevano tradito, e che era solo questione di giorni la polizia lo avrebbe catturato per scontare la pena in prigione a cui era stato condannato anni prima. Jawun durante la notte mi portò all'aeroporto, mi diede un bel po' di soldi.

'Questo ti aiuterà a trovare vitto e alloggio e vivere comodamente per un po' mi disse e mi baciò prima di lasciarmi. Da allora non l'ho più visto. Atterrai qui in Florida, trovai un appartamento a Napoli e grazie alla mia laurea, trovai lavoro come Psicoterapista in una clinica di reabilitazione per tossicodipendenti. Dopo alcuni anni riuscii ad aprire la mia pratica privata di counseling.

Maria terminò il suo racconto mentre le lacrime le inondavano il viso.

"Piango per la perdita di Jawun, vorrei solo sapere se è ancora vivo" si ricompose, "Potete andare adesso" Maria cercò di dimettere le ospiti.

"Siamo in grado di aiutarla nella ricerca di Jawun" Michelle, posandole una mano sulla spalla le disse.

"Ma davvero? E come?".

"Non le abbiamo detto che siamo ex agenti speciali della FBI e anche se in pensione, abbiamo ancora degli amici che ci possano aiutare a trovare il tuo Jawun".

"Se lo trovate, vi prego ti portarlo qui da me in modo che possa abbracciarlo un'ultima volta prima di morire".

"Lo faremo" Jane e Michelle la rassicurarono prima di lasciarla.

L'amico di Miguel

Michelle e Jane si diedero a vicenda una pacca sulle spalle per aver risolto la loro indagine, ma ora avevano un'altra missione da compiere, di trovare Jawun e portarlo a Maria.

"Forse è morto".

"Forse no, e forse anche lui sogna di ritrovare Maria" Michelle rispose.

Prese il suo cellulare per chiamare Paul per chiedere ancora una volta il suo aiuto, ma prima che potesse comporre il numero, notò il suo messaggio:

>Ti prego di non cercare di contattarmi, stiamo indagando su un affare sensazionale, ti dirò tutto più tardi. ti amo tantissimo.<

>Tra un tua investigazione e l'altra, ti prego di scoprire se Jawun Cortez, l'amico di Miguel sia ancora vivo. Ti amo tantissimo anch'io.<

"E adesso cosa si fa?" Jane domandò.

"Andiamo a mangiare, e programmiamo le cose da fare durante il nostro soggiorno".

"Il nostro soggiorno? Abbiamo il volo di ritorno a Fourth Mile domani".

"Invece, resteremo qui fino a che Paul scopre dove si trova Jawun, e poi decideremo il da farsi".

Jane non era d'accordo con il piano dell'amica, ma decise di acconsentire per la curiosità e la speranza di adempiere alla promessa fatta a Maria di ritrovare Jawun e portarlo da lei.

Paul, anche se impegnato con l'investigazione top-secret sul sindaco di Los Angeles sospetto di essere il capo di un nuovo 'Cartel', voleva aiutare Michelle e cominciò a rovistare i casi vecchi e dimenticati della FBI fino a tarda notte.

Dopo una settimana di ricerca da un archivio digitale all'altro, Paul scoprì che Jawun Cortez, al tempo dell'omicidio di Miguel Rodriguez fu arrestato e poi processato per l'uccisione del boss della gang rivale come vendetta per l'omicidio dell'amico. Jawun Cortez fu condannato a 25 anni di carcere, e fu rilasciato in libertà vigilata cinque anni prima per buona condotta e per avere superato prove di riabilitazione nei numerosi campi di lavoro e centri di rieducazione.

Il Magistrato di sorveglianza dopo essersi assicurato che non costituisse più un pericolo per la società lo rilasciò sotto la libertà vigilata per il resto della condanna al termine della quale le informazioni su Jawun erano introvabili.

Tuttavia, Paul era sicuro di trovarlo nel posto in cui gli agenti della FBI erano solito trovare qualsiasi sospetto che cercavano in L.A., cosi continuò la ricerca tra i senzatetto della 'Skid Row' conosciuta come 'Central City East' un quartiere nel centro di Los Angeles.

Utilizzando varie fonti e informazioni da spacciatori di droga, Paul riuscì a trovare Cortez.

"La FBI ti sta cercando!" Un ragazzo sulla strada avvertì Jawun. Seduto su un materasso ad aria, aprì la sua tenda e offrì il suo sorriso sdentato. Le rughe profonde facevano assomigliare il suo viso a un sentiero tortuoso. Jawun indossava un paio di blue Jeans sporchi e stracciati alle ginocchia, una camicia di flanella con le maniche lunghe, un paio di sandali rotti ai piedi con unghie di colorc grigio, prova di una onicomicosi cronica e i capelli unti e antraciti.

Cortez non fu sorpreso dalla visita di Paul, era abituato alle visite frequenti dei funzionari di polizia o degli agenti federali dell'FBI nel quartiere. Arrivavano senza preavviso, ad ogni ora del giorno o della notte, con o senza un valido motivo, per fare un arresto, o in cerca d'informazioni.

Dal 1930, Skid Row, un luogo dove la gente, povera e degente trovava un posto dove stare, era diventato il quartiere più stabile per i senzatetto negli Stati Uniti. Secondo la statistica circa il 50 per cento di tutti i reati a Los Angeles, deriva dal Skid Row. La popolazione, una delle più cosmopolitane include europei, Africani, Asiatici, spagnoli e molti altre nazionalità.

Attraverso gli anni, molti sforzi e programmi per invertire o migliorare la situazione sono falliti. Nel 2006, un decreto d'ordinanza dichiarò che in Skid Row i senzatetto, che mantenevano una distanza di circa tre metri da qualsiasi attività commerciale o da ingressi residenziali, non potevano essere arrestati solo per essere seduti, sdraiati per dormire sul marciapiede pubblico e la polizia non poteva conviscare i loro beni tra le 21:00 e le 6:30.

"Quando io e Miguel adocchiammo le due ragazze sedute su una panchina nel parco, con tuniche monastiche, i capelli spettinati e uno sguardo impaurito, offrimmo loro di aiutarle" Cortez, dopo aver capito il motivo della visita di Paul, iniziò a raccontare con molta nostalgia.

"Erano belle, e lo divennero ancora di più dopo che le fornimmo cibo, vestiti nuovi, scarpe e alloggi".

"Miguel si innamorò di Nubia, a prima vista, e da quel momento, i suoi desideri diventarono ordini e le sue idee progetti per noi. In pochi mesi, la nostra gang divenne più forte e conosciuta. Naturalmente, con l'aumentare del successo, aumentarono i conflitti e problemi con le altre bande".

Paul ordinò da mangiare e da bere per Cortez, che, appena il cibo arrivò, smise di parlare per divorare tutto con avidità. Dopo soddisfatto la sua fame, fu in un ottimo umore capace di continuare a parlare per ore: "A mia volta, m'innamorai di Maria, era bella e così brava nel traffico della droga e armi. Miguel ed io coscienti che potevamo essere arrestati o ammazzati da un momento all'altro volevamo assicurare il loro futuro, in modo che potessero continuare a vivere una vita decente senza di noi".

Cortez gli spiegò come, fornirono le due ragazze con le patenti di guida, le lauree, e case, dove, durante la notte, le incontravamo per fare all'amore.

Cortez continuò il suo racconto con la descrizione delle lotte tra le bande che portarono all'uccisione di Miguel.

"Volli vendicare il mio amico. Attirai il suo assassino in un'imboscata lo torturai fino alla morte".

Le lotte tra bande accadevano molto spesso, la polizia, per porre fine a quella violenza, in un raid, uccisero molti criminali e ne arrestarono molti altri.

"Finii in carcere per più di venti anni. Quando finalmente uscii, provai a ritornare alla mia gang, ma il tempo era cambiato, come pure i membri e i boss, non riuscii ad adeguarmi. Provai a trovare un lavoro, ma fu impossibile come nessuno sembra fidarsi di un ex-detenuto. Così mi sono stabilito nella mia tenda e su richesta faccio dei lavoretti per gli Streeters sufficiente per procurarmi cibo e protezione dalle altre bande".

Jawun, non riusciva più a parlare, apparve stanco e annoiato del suo monologo.

Paul, sperando di motivarlo gli sussurrò: "Siamo riusciti a ritrovare Maria".

"Anche se ho sempre sognato di riavere Maria" Jawun disse senza battere ciglio, "Ci ho rinunciato, sono solo un vecchio relitto, che vive sulla strada in attesa della morte".

"Lei vuole rivederti, abbracciarti, e riaverti nella sua vita".

Questa volta, Paul sentì la sua attenzione riaccendersi.

Halloween

Michelle e Jane finalmente, a missione compiuta, ritornarono a casa. Il viaggio in Florida per incontrare Maria, che sarebbe durato un paio di giorni, fu prolungato per ben tre settimane, non solo per scoprire il passato di Nubia ma anche per realizzare la promessa fatta a Maria di ritrovare Jawun.

"Sono successe tante cose, abbiamo visitato tanti posti in un così breve tempo che quasi quasi non so più come tornare a casa" Michelle ridendo disse.

"Non credo proprio, il ritorno a casa è come imparare ad andare in bicicletta, non ci si può mai dimenticare" Jane rispose con sarcasmo.

Tuttavia fu difficile a riabituarsi alla loro vita normale da pensionante. Avevano nostalgia della bistecca alla Churrasco che mangiavano nel 'Rumba Cuban Cafe' a due passi dal loro hotel e della pizza italiana presso 'La Trattoria'. Gli mancava la vita vibrante specialmente quella notturna della 'South Beach', il lussuoso hotel di Miami, i posti storici e la possibilità infinita del shopping nei moderni tentacolari centri commerciali dove si erano trovate a loro agio.

Erano ritornate alla loro vita comoda ma noiosa di ogni giorno, non le restava che camminare per le strade di Fourth Mile, molte delle quali non erano altre che vicoli ciechi, nella vana ricerca di qualcosa di nuovo.

"Dopo che siamo state così brave a scoprire tutti quei posti fantastici dovremmo continuare a fare lo stesso anche qui".

"Dopo tutto, abbiamo acquisito un'esperienza fenomenale giù in Florida alla ricerca di luoghi interessanti e ristoranti succulenti, e fare breve gite nelle città vicine".

"Esatto, invece di lamentarci del fatto che siamo 'disoccupate' non avendo più misteri da scoprire, dovremmo indagare sui luoghi interessanti, dopo tutto Iowa è piena di posti nascosti che i turisti vengono da tutti gli altri Stati per vedere".

"E'un piano formidable che potremmo intraprendere, forse dopo le feste natalize" Michelle suggerì.

"Affare fatto!" Jane fu pienamente d'accordo, "nel frattempo però potremmo pensare come divertirci domani, è Halloween!".

"Domani vado a trovare Nubia, è da tanto che non la vedo".

"Vengo con te".

Il giorno successivo, l'aria era frizzante e calda. Il Fourth Mile era stato decorato con pumpkins, scheletri di plastica, figure di fantasmi spaventosi, folletti e streghe, alcuni con il movimento o suono-attivato che emanavano suoni allarmanti o movimenti improvvisi. Ma la cosa migliore era l'odore delle torte di zucche e biscotti di Halloween.

Alcuni residenti indossavano costumi o semplici accessori come cappelli e occhiali da buffoni ma altri sembravano evitare quel fragrasso. Alcuni avevano ciotole piene di caramelle pronti da distribuire ai bambini durante il treat-o-trick, altri avevano già spento la luce sulle porte per scoraggiarli. Tuttavia, tutti sembravano attendere la sfilata dei bambini in costume, una tradizione antica della comunità.

Michelle e Jane si lasciarono l'atmosfera festiva alle spalle e guidarono alla casa di cura Elder Care Alliance. All'arrivo, notarono le decorazioni di Halloween a pieno sfoggio. Tuttavia, variavano secondo i reparti, fantasmi spaventosi, folletti, streghe, e suoni inquietanti nel reparto dei residenti indipendenti, mentre pumpkins e foglie variopinte di carta plasticata con una musica dolce e rilassante caratterizzavano il reparto di memoria.

I residenti e il personale nel primo reparto erano in costumi e maschere o con un trucco esagerato, mentre nel reparto memoria costumi e maschere erano inesistenti.

Le persone affette dalla demenza, specialmente dal morbo di Alzheimer, nella fase avanzata della malattia hanno difficoltà a riconoscere i volti dei familiari più stretti. Le persone con maschere o costumi possono aumentare la confusione e la paura. Il personale invitava gli ospiti ad entrare nel reparto memoria privi di accessori carnavaleschi per evitare confusione e panico nei residenti.

La capo infermiera scortò Michelle e Jane nella camera di Nubia e le informò: "Dal mese scorso, le condizioni della signora Kline sono bruscamente peggiorate, si teme che non sopravviva a lungo".

Non più in grado di deglutire o parlare, Nubia giaceva nel letto completamente dipendente dagli altri. Tuttavia, sembrò notare le sue amiche accanto al letto, una tenue luce apparve nei suoi occhi e le sue guance si coprirono di un delicato colore rosa.

Jane e Michelle si sedettero una per lato del letto e facendo attenzione alla cannula dell'ossigeno che aveva nelle narici l'abbracciarono con affetto. Dopo scambiato il loro abbracci, si resero conto che stavano piangendo. Nubia non riusciva a parlare, ma le sue lacrime che discesero dagli occhi semichiusi comunicarono il suo amore, felice di sentirle vicino un'ultima volta.

"Abbiamo fatto visita a Maria Guadalupe" Michelle, stringendole la mano, le disse.

L'aggiornò sulla vita della sua amica di un tempo: la condizione fisica, la casa dove viveva, i suoi hobby e le sue speranze.

"Ti manda il suo amore, non ti ha mai dimenticata, avrebbe voluto venire a trovarti ma dato le sue condizioni fisiche le è impossibile" Michelle dovette interrompere il suo racconto, vedendo le lacrime di Nubia copiose sul volto.

"Ci ha raccontato la tua storia, le tue sofferenze, il tuo coraggio, le vostre lotte e vittorie" Jane riprese il filo della conversazione. In un tono di voce soffice e delicato continuò: "Maria ci ha detto del tuo amore per Miguel e il suo amore per Jawun, che non ha mai smesso di amare. Maria voleva ritrovare Jawun per vivere il resto della sua vita con lui".

Nubia smise di piangere e un sorriso apparve sulle sue labbra e con la forza di cui era ancora capace strinse la mano di Michelle come un segno per loro di continuare.

Le due amiche presero turno per dirle tutto quello che Maria aveva raccontato.

"So che volevi nascondere il tuo passato. Ma poi lo hai dimenticato, abbiamo voluto scoprire ciò che avevi dimenticato" Michelle le disse, "un'esistenza come la tua non può essere dimenticata, bisogna tramandarla. Perdonaci se siamo state così invadenti, ma questa è la nostra natura".

"Sappiamo che la tua vita è alla fine, tanti anni fa hai ricevuto il nome di Angela per un motivo, per essere il nostro angelo per proteggerci e ad aiutarci, un giorno, ad unirci a te" Jane concluse.

L'addio di Nubia

Nubia sembrava avvicinarsi alla deriva in uno stato quasi d'incoscienza, la respirazione diventava più lenta e le palpebre pesante le chiudevano gli occhi. Tuttavia, continuava a stringere la mano di Michelle, una stretta salda.

"Non capisco se vuole che continui o se tacere" Michelle confusa disse a Jane.

Jane non avendo esperienza nella cura dei malati terminali non riusciva a consigliarle la cosa migliore da farsi.

"Continuate a parlarle" la capo infermiera, entrata nella stanza per controllare Nubia, le istruì: "Il suono della voce dei propri cari esercita i circuiti nel cervello e può provocare squarci di consapevolezza".

"Ma capisce di che cosa stiamo parlando?" Jane chiese.

"Anche se non è scientificamente provato, durante il processo di morte, l'udito e il tatto, si pensa siano gli ultimi sensi ad abbandonare il morente. Vi consiglio pertanto di parlarle come se fosse in grado di sentirvi e capirvi" l'infermiera le esortò.

Nonostante i tanti studi e ricerche fatte sulla morte, l'esperienza del morire, soprattutto negli ultimi momenti di vita, rimane ancora un mistero, e lo è tanto di più per coloro affetti dalla demenza.

L'ipotesi che un persona morente non sia in grado di ascoltare o comprendere non dovrebbe interferire con la connessione neurale. Il parlare, carezzare o il cantare può portare conforto e rilassamento e può diminuire l'agitazione e la paura che la morte possa provocare.

Michelle percepì nella stretta persistente della mano di Nubia il desiderio di saperne di più circa il loro incontro con Maria e decise di continuare a parlare: "Maria, in apparente buona salute, vive in un appartamento lussuoso in una casa per anziani, l'Oasi, in Napoli, Florida, dove ha accesso alle migliori cure di cui ha bisogno" Michelle prese un respiro profondo e continuò: "Ha tanti amici e persegue gli hobby come suonare il pianoforte e cantare".

Jane entrò a far parte della conversazione: "L'unico rimpianto che condivise con noi era quello di non aver mai avuto notizie di Jawun, non riusciva a dimenticarlo, sognava d'incontrarlo di nuovo, per vivere il resto della sua vita con lui".

"Così contattai Paul, il mio ex collega" Michelle disse.

"E amante" Jane aggiunse.

"Okay, devo ammettere che, durante la nostra gioventù, Paul ed io eravamo stati innamorati, ma senza saperlo, grazie alla nostra indagine su di te, Nubia, ci siamo innamorati di nuovo, e questa volta per sempre" Michelle notò un lieve sorriso sulle labbra di Nubia.

"Comunque" Michelle continuò: "Paul ha ritrovato Jawun, il quale rilasciato in libertà vigilata anni prima viveva in una tenda sulla 'Skid Row'. Accettava la sua condizione di vita, grato che potesse ancora contare sull'aiuto dei 18th Streeters per cibo e protezione, in cambio di quanche lavoretto saltuario".

Michelle e Jane si alternarono nel raccontare la storia di Maria e Jawun.

"Tuttavia, egli non aveva mai abbandonato il sogno di ravvivare la sua storia d'amore con Maria, che, durante il suo arresto e il periodo in carcere, non la contattò, temendo che potesse essere identificata come membro della gang e forse come suo complice".

"L'ultimo desiderio che aveva era quello di rivedere Maria, per vivere con lei il tempo che gli restava da vivere, Paul gli pagò il biglietto aereo e insieme arrivarono in Florida".

"Io e Jane abbiamo programmato tutti i dettagli del loro incontro".

L'incontro tra Jawun e Maria, un tempo così innamorati e affiatati che non si erano mai nascosto secreti, fu naturale e spontaneo come se il tempo non fosse mai trascorso. La loro relazione romantica, come un gatto addormentato, si riaccese a prima vista, fu chiaro a tutti che i due, sarebbero stati felici insieme.

"Dopo i saluti gli abbracci e scambiate le solite notizie li lasciammo da soli; dopo solo una settimana Jawun e Maria annunziarono il loro matrimonio".

'Ci siamo incontrati per correggere il passato' dissero.

"La loro storia d'amore e il matrimonio lampo suscitò l'attenzione e la curiosità non solo dei residenti dell'Oasi ma anche quella del personale e della stampa locale che si unirono per celebrare il traguardo più significativo sentito da un po".

Il matrimonio ebbe luogo nella sala della comunità.

"Maria era bellissima indossava una camicietta di chiffon bianco con una scollatura a V con una gonna lunga a metà gambe di colore magenta, un fiore bianco sui suoi capelli".

"Jawun, con un costume grigio e una cravatta color magenta che si abbinava al vestito della sposa, offrì a Maria un bellissimo mazzo di rose bianche comprato da Paul".

"Rob Lynds, il direttore esecutivo e ministro dell'Oasi officiò la cerimonia".

"Dopo lo scambio degli anelli, Jawun baciando la sposa, sussurrò 'Ti amerò per sempre mio angelo' mentre i partecipanti gli offrirono un applauso sincero".

Dopo la cerimonia, il personale e i residenti celebrarono la coppia con una ricezione indimenticabile nella sala accanto decorata con le foto dei due nel corso degli anni, la musica e la danza.

La celebrazione si concluse con la tradizionale torta di nozze, preparata dallo chef DeAngelis che come rivelò alla 'NBC 10 News' il canale televisivo locale, l'aveva preparata e decorata in cinque ore. La torta fu tagliata e servita insieme allo champagne.

Michelle sentiva la stretta della mano di Nubia rallentarsi sempre più, la sentiva più fredda e rigida. Fece cenno a Jane di smettere di parlare, entrambe si alzarono in piedi, si avvicinarono a Nubia, la chiamarono per nome ma lei sembrava non sentirle più. La frequenza e il ritmo della respirazione erano difficili da intercettare.

Michelle premette il campanello e in pochi secondi, l'infermiera arrivò.

"È morta!" Jane urlò.

"Non ancora" Michelle, osservava i movimenti appena percettibili delle labbra, Nubia stava cercando di dire qualcosa.

L'infermiera prese i segni vitali, con lo stetoscopio per ascoltare l'ultimo battito del suo cuore.

Michele e Jane sentirono la sua voce pronunciare, "M .. i ... g .. u .. e ... l!" Poi più niente.

"E' finita, il medico sarà qui a minuti per firmare il certificato di morte. Il corpo sarà rilasciato alla camera mortuaria per essere cremato" L'infermiera notificò loro.

Dopo un ultimo addio, Michelle e Jane uscirono dalla camera e s'incamminarono verso l'uscita della casa di cura.

"Nubia è con Miguel".

"Sì, lo ha incontrato non appena uscita dal suo corpo martoriato".

Michelle e Jane ritornarono al Fourth Mile in tempo per vedere il corteo di Halloween in corso, le due amiche piangevano in silenzio mentre gli scheletri di plastica, fantasmi spaventosi, folletti e streghe tra suoni allarmanti scorrevano nelle strade davanti alle loro case.

Vedere la fine

"Nubia è morta!" Michelle informò Paul al telefono.

"Mi dispiace tanto; vorrei essere lì per consolarti".

Michelle era troppo emozionata, non riusciva a dire più niente e Paul rispettava il suo silenzio. Dopo un profondo sospiro, Michelle si sentì spinta dal bisogno di raccontargli tutti i dettagli di come la morte aveva rapito la sua amica.

"Sono stata contenta però di essere stata al suo capezzale, vedere la fine" tacque per un po' "Nubia ha lasciato questa vita per varcare l'eternità con Miguel".

"Si, Michelle, ora lei è in un posto migliore". Paul odiava sè stesso per non essere in grado di dire qualcosa di meglio che potesse lenire il suo dolore, 'non sono in grado di consolare nessuno'.

Michelle non si accorse della sua difficoltà, grata delle sue parole.

"Il corpo sarà cremato e l'urna con le sue cenere sarà inviato a Bakersville, in California, la sua città natale, per essere seppellita accanto alla tomba dei suoi genitori" Michelle concluse il suo dire e lo ringraziò per averla ascoltata e gli augurò la buonanotte.

Andò a letto, ma non riusciva a prendere sonno, continuava a girarsi e rigirarsi da un fianco all'altro, ogni volta guardava l'orologio sul suo comodino: 12:10; 12:20 ... 'sembra che cambio posizione ogni dieci minuti'. Sentì un forte bussare alla porta, spaventata con il cuore che le batteva all'impazzata, si alzò, e corse ad aprire, 'forse è Jane, che come me non riesce a dormire' ma non vi trovò nessuno.

Michelle perplessa, si recò in cucina per un bicchiere d'acqua, 'qualcuno sta facendo lo stupido' si disse, 'lo so che è ancora Halloween, ma non è uno scherzo da farsi'.

Poi, ricordando quello che Nubia suave dire: 'tre colpi alla porta nel mezzo della notte di Halloween significa che qualcuno che amate sia morto', sorrise e ritornò a letto, 'Nubia, ti ringrazio per dirmi addio, ancora una volta' e giratosi sul lato preferito si addormentò.

Jane dopo aver salutato Michelle era andata a letto ma i mille pensieri che le turbinavano nella mente le impedivano di addormentarsi.

'Non ero amica intima di Nubia, ma mi dispiace così tanto che sia morta', si girò molte volte nel letto, sperando di trovare la posizione giusta ma poi ci rinunciò. Si alzò, cercò nel frigorifero qualcosa da mangiare o bere che potesse placare il suo dolore, 'non c'è niente qui, chiuse la porta, si ricordò del gelato nel freezer, si riempì una ciotola e si sedette in salotto con le luci soffuse. 'Sento la mia mente scoppiare dai tanti ricordi incapace di contenerli tutti'.

Vide Nadine e sè stessa, bambine chiedendo alla mamma il significato di Halloween. La mamma spiegò loro che secondo la mitologia Celtica, la barriera tra la terra e l'altro mondo al di sopra del nostro è così sottile che gli spiriti e le anime dei morti possono ritornare. 'Halloween è il giorno in cui facciamo scappare via i fantasmi e gli spiriti, e lo si festeggia la vigilia della festa Cristiana di tutti i Santi e del giorno dei morti'.

Sorrise ricordando come amava tanto la festa di Halloween. 'Quello che mi affascinava di più era l'usanza del 'trick-or-treat'. La mamma aveva loro spiegato che nella notte di Halloween gli spiriti e le anime dei morti smarriti vagavano sulla terra e il 'trick-or-treat' serviva per calmarli in modo che potessero ritornare all'Aldilà.

'Nadine ed io perlustravamo ogni angolo delle strade vicino casa, senza mai trovare uno spirito o un'anima'.

Jane guardò la ciotola del gelato, ancora nelle sue mani, e si accorse che era vuota. Tornò a letto e, dopo il ricordo di altri eventi e il cambiare posizione innumeroli mille e più volte si addormentò.

Il mattino seguente, Jane mandò un text a Michelle ricordandole della colazione speciale al Clubhouse in onore di tutti i santi.

La sala affollata con residenti, molti di loro, con i loro nipoti, che avevano partecipato alla sfilata della sera prima, il vocio era assordante, i nonni, così impegnati a presentare i nipoti ai loro amici e vicini di casa che quasi dimenticavano di mangiare.

Dopo essersi servite al buffet, Michelle e Jane si sedettero al loro tavolo preferito, lontano dall'inaspettata confusione. Si scambiarono l'esperienze notturne, e annunciarono la morte di Nubia ai loro amici e conoscenti che seduti allo stesso tavolo consumavano la colazione. Fu triste scoprire che nessuno si ricordava di lei.

"La signora della casa bruciata in via Hope" Michelle cercò di ricordarli.

'Oh, sì! - Povera anima, davvero? - Pace all'anima sua - Io non ero ancora qui - Non mi ricordo di lei'.

Le loro risposte e commenti, causarono dolore alle due amiche.

"Non essere triste, Nubia è nell'Aldilà, ed è solo una questione di tempo che noi la raggiungiamo" Jane le disse.

"Si lo so. Proviamo a voltare pagina, Qual è il tuo piano per le feste?".

"Mia nipote mi ha invitato a festeggiare il Natale con lei e la sua famiglia".

"Che bello, sono felice per te".

"Sarai ancora di più se ti dico che lei è incinta".

Michelle si alzò e abbracciandola, "È una bella notizia, ma perché tenerlo segreto?" a voce alta, annunciò ai presenti nella sala: "Jane sarà prozia!".

Tutti si alzarono in piedi per un sincero e forte applauso.

"L'ho appena saputo, questa mattina ero così triste per la perdita di Nubia, e poi bang! mi è arrivato il meraviglioso E-mail".

Le due amiche erano così emozionate che avevano dimenticato di mangiare le uova, toast, e soffritto di patate, il caffè era freddo e il succo d'arancia caldo.

"E tu, qual è il tuo piano?".

"Vado a trovare Paul; festeggeremo il nostro primo Natale insieme".

"È meraviglioso, e la vita è ancora buona con noi".

Michelle e Jane cominciarono a mangiare.

Il programma delle feste

Già dall'inizio di Ottobre, l'Autunno, ormai avanzato rendeva i giorni più freddi e più corti, di notte faceva freddo e al mattino la brina copriva i prati di bianco. La temperatura durante il giorno, dopo che la foschia e la nebbia dissipavano lentamente, rimaneva piacevole. Le foglie, fantasgoriche cambiavano colore dal verde al giallo, marrone e di ogni altro colore immaginabile, cadevano a terra e scricchiolava sotto i piedi dei joggers.

Le donne del club di Fourth Mile erano già in frenetica attività, ogni comitato cercava di finalizzare gli ultimi dettagli per le preparazioni delle feste che si avvicinavano così in fretta. Il compito più arduo fu quello di soddisfare le aspettative, dei residenti di diversa provenienza e nazionalità, i quali desideravano includere nei preparativi, tradizioni e usanze delle loro famiglie e paesi.

Le tradizioni Natalizie sono diverse nelle loro origini e natura, alcune esclusivamente religiosi, altre più culturale o secolare. Inoltre le tradizioni di Natale nel corso del tempo e dei luoghi si sono evolute notevolmente.

Tuttavia, dibattito dopo dibattito, i comitati riuscirono ad accordarsi:

- Sui colori tradizionali delle decorazioni Natalize: rosso che simbolizza il sangue versato per l'umanità, il verde per la vita eterna, e il giallo-oro per la regalità di Dio.

- L'albero di Natale, al centro della piazza principale, di origine tedesca, con la stella in alto simboleggia la Stella di Betlemme.

- Le poinsettia, messi all'ingresso e lungo la strada principale, di origine spagnola, che richiama il Fiore della Notte Santa.

- Il Presepe presso l'ingresso principale, di origine italiana, per ricordare la nascita di Gesù.

Inoltre, i comitati approvarono altre decorazioni come luci, campanelli, angeli e corone di fiori. Le luci natalizie e striscioni avrebbero addobbato le strade e le case della comunità. La musica e i canti di Natale sarebbero stati trasmessi dagli altoparlanti ogni domenica di Avvento, la vigilia e il giorno di Natale.

Per assicurarsi che tutti i residenti della comunità fossero al corrente dei preparativi, il comitato inviò a ciascuno una e-mail con il programma e le regole da rispettare per le decorazione private.

Dopo la festa di Halloween, mentre il freddo si cominciava a sentire e gli alberi erano rimasti ormai spogli, le decorazioni di Natale cominciarono ad apparire sulle facciate e giardini delle case. Mentre la maggior parte dei residenti rispettavano le regole e decoravano le loro case con buon gusto, altri esageravano così tanto con troppe luci o altre decorazione da provocare l'ira dei vicini.

Michelle e Jane, come membri del consiglio di amministrazione, supervisionavano i residenti di Fourth Mile per garantire decorazioni appropriate e di acquietare i conflitti che sorgevano. I signori Browns che decorarono il davanti della loro casa con tante luci, visibili da miglia lontani, provocarono i lamenti dei signori Smith, una coppia che viveva dall'altro lato della strada, che le luci abbagliante interferivano con il loro sonno.

Michelle e Jane, dopo molte negoziazioni, persuasero i residenti a rispettare le leggi e i regolamenti che l'associazione aveva approvato durante la riunione annuale.

A metà novembre, la comunità del Fourth Mile era pronta a celebrare le feste natalizie con decorazioni bellissime, l'albero, il presepe, l'illuminazione, la musica e l'arrivo di Babbo natale.

"E' stato un lavoro duro, ma ce l'abbiamo fatta!" il presidente del clubhouse congratulò e ringraziò tutti coloro che nelle ultime settimane avevano lavorato sodo ai preparativi.

I residenti sembravano avere sentimenti agrodolci: il quartiere splendidamente decorato, evocava in loro le magiche emozioni dell'infanzia e nello stesso tempo, il dolore per la perdita delle persone più amate durante il tragitto della loro vita.

Le settimane seguente, Fourth Mile diventò un via vai di macchine e persone. Molti residenti caricavano le loro auto con pacchi e valigie, per andare a celebrare le feste con le famiglie o gli amici. Altri erano indaffarati nei preparativi per ricevere ospiti. Altri ancora non avendo alcun posto dove andare o ospiti da ricevere, continuavano la loro vita normale.

I residenti rimasti al Fourth Mile si riunirono nella sala del clubhouse per la festa del Ringraziamento, grati per tutti i doni ricevuti nella vita. condivisero il pasto tradizionale: tacchino, patate, verdura, pane, sidro di mele e torte di zucca.

"Mi sembra di essere già a Natale" disse Jane, mentre consumava il pranzo squisito.

Gli ospiti, seduti allo stesso tavolo, furono d'accordo con lei e la conversazione si rianimò.

"Mi piace la festa del Ringraziamento, rende l'attesa del natale più breve e speciale".

"Sì, ci da modo di pensare a quello che abbiamo da fare, ai regali da comprare e quelli che vorremmo ricevere".

"Sperando che babbo natale sia generoso e ci porti tutto ciò di cui abbiamo bisogno anche se siamo stati cattivi" alcuni scherzavano.

Alla fine del pranzo, gli ospiti, alcuni con il doggie-bag, altri a mani vuote, tornarono alle loro case.

"Quello che desidero per Natale è di vedere la mia pro nipotina nascere" Jane sussurrò a Michelle mentre s'incamminavano verso casa.

"Ha-ha-ha, come fai a sapere che è una femmina?".

"Non lo so, lo desidero!" Jane, sulla soglia di casa sua, disse e abbracciò la sua amica prima di entrare, "Sarò impegnata, nella preparazione del viaggio, partirò per l'Oklahoma, il 18, il giorno prima del tuo compleanno".

"Anch'io parto lo stesso giorno per Los Angeles".

"Che coincidenza! però prima di partire dobbiamo festeggiare il tuo compleanno!".

"Oh, no! Lo sai che odio i compleanni".

"Non puoi odiare questo; il 70mo compleanno è una pietra miliare da festeggiare!".

"Va bene, amica mia, ma ti prego di tenerlo segreto".

Con una fragorosa risata, Jane si mise la mano destra sul petto e promise; poi si chiuse la porta alle spalle.

Una settimana dopo, le due amiche si incontrarono down-town nel loro ristorante preferito.

Dopo il pranzo, la cameriera con i suoi colleghi si avvicinò al tavolo con una torta e una candela accesa cantando, 'Tanti auguri!' Seguì un applauso caloroso dagli altri ospiti.

"Avevi promesso ..." Michelle si lamentò,

"E' vero ma ti dissi che il 70mo compleanno bisogna festeggiarlo" Jane le rispose porgendole una busta, "non solo oggi, ma tutto l'anno".

Michelle aprì la busta, non riusciva a credere ai suoi occhi, un dono che sarebbe durato tutto l'anno: un abbonamento al 'winebox'.

"Tu puoi sciegliere il vino secondo il tuo gusto, quando e dove vuoi che te lo spediscono".

"Grazie! Ubriaca o no ti ricorderò con affetto tutto l'anno!".

Natale con Paul

Michelle e Jane guidaro insieme all'aeroporto, dopo il controllo di sicurezza, si abbracciarono.

"Buon Natale!".

"Buon Natale anche a te, sarà il Natale più bello della nostra vita!".

Ognuna si diresse alla sua gate d'imbarco.

Poche ore più tardi, erano in volo in direzione opposte, Jane per Oklahoma e Michelle per Los Angeles.

La mattina successiva, Michelle svegliatosi al delicato odore di fiori, socchiuse gli occhi e intravide un bouquet di rose accanto a lei con una grande scritta 'Auguri! Con tanto Amore nel giorno del tuo compleanno!'.

"Come fa a sapere che è il mio compleanno?" Si chiese, la sua domanda rimase senza risposta. Paul bussò alla porta e senza aspettare il solito 'vieni' entrò nella stanza, "Buon Compleanno, amore mio!" Portando un vassoio con la colazione.

Michelle gli sorrise, "grazie!" Disse ad alta voce e si sedette con un cuscino dietro la schiena nella posizione giusta per ricevere il vassoio sul suo grembo.

"Immagino che ti sei alzato presto, questa mattina, per preparare tutto questo".

"Rimarrei sveglio tutta la notte per cucinare per te".

"Buona idea, perché ho tanta fame".

Pur essendo affamati, Michelle e Paul impiegarono molto tempo a sorseggiare il caffè e a gustare la frittata, il pane tostato, il bacon ed infine le fragole, avevano così tante cose da dirsi, condividere e scambiarsi pensieri e passioni.

Dopo la colazione, Michelle andò a farsi una doccia.

"Ti aspetto giù" Paul la baciò e andò in cucina per mettere in ordine.

Dopo la doccia Michelle si vestì e si truccò con cura, scese in cucina con il mazzo di rose, "Dove posso trovare un vaso per sistemare le rose?" Chiese e aprì lo sportello che Paul le indicò.

La sorpresa la lasciò a bocca aperta, palloncini colorati cascavano di fronte a lei, ognuno con un messaggio d'amore: 'Ti amo più della mia vita', 'Il motivo #1 che ti amo è che tu sei tu', 'Non lasciarmi mai'. Il messaggio più bello lo trovò sull'ultimo palloncino 'Mi vuoi sposare?'

"Oh amore mio! Sì, che ti sposo, voglio vivere per sempre con te" Michelle, quasi senza fiato, abbracciandolo gli disse.

"Sposiamoci a capodanno".

"Sì, nell'allegria di mezzanotte, sarà un matrimonio perfetto!".

Amavano l'idea di salutare l'Anno Nuovo, circondato da pochi amici, con tanta musica, nella gioia della celebrazione di mezzanotte, all'aperto.

Quando la sorpresa, l'entusiasmo e i progetti per il rito matrimoniale si calmarono, la coppia decise di addobbare l'albero di Natale.

"È il nostro primo Natale, deve essere speciale". Entrambi furono d'accordo.

"Ma non ho un albero, e non saprei nemmeno come decorarlo".

"E' più facile e veloce di quello che pensi. Andiamo al negozio dove vendono le cose Natalize e compriamo tutto l'occorrente" Michelle propose.

Detto fatto, si recarono al negozio e due ore più tardi ritornarono con un albero finto di pino, molte luci, ghirlande, orpelli e altri ornamenti, ne comprarono così tanti da addobbare una dozzina di alberi.

Appena entrati a casa, Michelle non vedeva l'ora di mettersi all'opera, ma Paul la prese per mano e la condusse in cucina.

"Ti ho preparato la torta" le sussurrò.

Michelle, ancora una volta sorpresa dalla sua creatività, dimenticò l'albero e le decorazioni.

"Tanti auguri a te!" Paul cantò mentre Michelle soffiò la candelina a forma di numero 70, brindarono al loro amore e divorarono la torta delizionsa. Poi la notte li avvolse nella loro passione.

'Ora, sono d'accordo con Jane che il 70mo compleanno è una pietra miliare da festeggiare' Michelle segretamente sorrise.

Il giorno successivo, Michelle e Paul furono pronti per il loro progetto. Anche se le opzioni nella decorazione di un albero di Natale, sono praticamente illimitate, di solito essi esprimono lo stile, la personalità, il patrimonio e tradizioni, di una famiglia o di una persona.

Per Michelle e Paul, sarebbe stato il fondamento della loro unione. Loro non miravano tanto a decorare un albero perfetto ma a compiere il loro primo progetto in comune.

Per prima cosa sistemarono le luci, avvolsero il filo di luci acceso sull'albero in senso orario, dall'interno verso l'esterno. Fecero attenzione a passare il filo in corrispondenza dei rami principali per renderlo meno visibile.

Michelle e Paul lavorarono in perfetta armonia, fino al momento di appendere gli ornamenti, non si trovarono mai d'accordo sul dove e come appenderli bisticciarono nell'alternarli in base ai colori e allo spazio.

"Dobbiamo metterli in un modo omogeneo e non concentrarli tutti in un posto".

"Ma se li alterniamo secondo il loro colore e forme potremmo creare delle strie multicolore da cima a fondo".

"Hai ragione però le decorazioni vanno sistemate secondo la loro grandezza, quelle piccole in alto, quelle media al centro e le grandi in basso".

Le loro discordie continuarono all'infinito, finalmente un paio d'ore più tardi Michelle e Paul collocarono insieme il puntale, un angelo, e si abbracciarono con orgoglio davanti all'albero di Natale più bello del mondo.

"Mancano cinque giorni per Natale!" Esclamò Michelle.

"E dieci per sposarci!" Paul le fece eco.

Si recarono down-town per ammirare le luci di Natale e osservare la folla camminando in fretta da un negozio all'altro in cerca di quel regalo speciale per Natale.

"Non ho mai creduto che si potesse toccare la felicità con un dito" Michelle, prima di assopirsi, stanca ma felice di quel giorno vissuto così intensamente, esclamò.

Paul disteso al suo fianco si svegliò nel mezzo della notte, sentiva una certa pressione sul suo petto, guardò Michelle, 'è così bella' le accarezzò lievemente i capelli ma il continuo dolore che si intensificava al centro del suo petto lo costrinse ad alzarsi. 'Sarà un'indigestione, ho mangiato troppo a cena' Paul andò in salotto, prese due compresse di Bismol, si sedette nella sua poltrona preferita ed accese il televisore, sperando di sentirsi meglio.

Ma il disagio si diffuse alle spalle, alla schiena, salì al collo, alla mascella e ai denti. 'Non ho mai avuto questi dolori da togliermi il respiro' uscì fuori a fare due passi sperando che l'aria fresca gli avrebbe fatto bene, 'Oh, mi sento molto meglio' rientrò e si riaccomodò nella sua poltrona.

Al mattino, Michelle svegliatosi di buon umore, dopo aver visitato il bagno, scese giù in cucina sorpresa di non sentire il profumo del bacon a cui si era abituata da quando era con Paul.

"Paul, amore mio, dove sei? È pronto il caffè?". Nessuno le rispose, Michelle entrò nel soggiorno, dove lo vide sulla sua poltrona, con le gambe accavalcate, la testa appoggiata sul bracciolo sembrava addormentato. "Oh sei qui!" urlò con gioa, ma Paul non si svegliò.

"Paul?" Avvicinatasi lo richiamò.

Gli diede una leggera pacca sulle spalle ma Paul non rispose, non si svegliò, Michelle gli toccò la fronte, era fredda, la saliva gocciolava dalla sua bocca semiaperta, si rese conto che Paul era morto.

In un irrealistico tentativo di sfidare la realtà, lo scosse con tutta la forza di cui era capace, urlandogli di svegliarsi.

Poi chiamò il 911. Michelle non fu mai capace di ricordare gli eventi che ne seguirono: la polizia, il medico legale, l'impresario di pompe funebri, e molti famigliari.

Michelle si sentì come paralizzata. Il suo mondo catapultato nel caos, inondato di disperazione e la sua domanda 'Perché?' Non ebbe mai risposta.

La nascita

Dopo circa cinque ore di volo, Jane atterrò all'aeroporto di Will Rogers in Oklahoma dove Mike l'attendeva, la condusse alla casa di Eva, circa sei miglia al centro di Oklahoma City.

Jane ricordava Eva come una ragazza giovane e bella di statura media, capelli biondi lunghi, un viso scultureo, una bocca piccola e le labbra leggermente rivolte verso il basso, come quelle di Nadine, la pelle chiara, un collo lungo e occhi bellissimi che colpiscono al primo instante con sopracciglia sottili.

Eva aprì la porta, ovviamente in stato di gravidanza avanzata con una posizione tipica delle donne incinte: la schiena arcuata, i piedi a parte per mantenere l'equilibrio e l'ombelico convesso visibile al centro del pancione sotto il suo vestito di maternità.

'E' più bella di come me la ricordo'.

Jane rimase meravigliata sulla soglia, nessuna delle due sapeva cosa fare, se abbracciarsi o offrirsi una stretta di mano. Dopo alcuni momenti difficili, Jane decise di tentare un abbraccio leggero e un bacio sulla guancia ma Eva la sorprese con un abbraccio forte. Jane si trovò quasi incollata al suo grembo da percepire i movimenti del feto. Presa dall'emozione non riusciva a spiccicare parola, desiderò che l'abbraccio durasse più a lungo.

"Ho! Ma guarda ti rassomigli così tanto alla mia mamma!" Eva disse tirandosi indietro, "Entra, ti mostro la casa".

"È così bella" Jane la complimentò mentre andavano da una stanza all'altra. "Ma che meraviglia! Questa è la camera del bimbo? Non ho mai visto una camera simile" Jane ne ammirò il muro di un colore rosa delicato, con tendine bianche a fiori multicolori, la culla, il fasciatoio, uno scaffale pieno di pannolini, salviette, talco per bambini, e molte altre cose.

"Sì, è una femminuccia!" Eva, indovinando la domanda segreta di sua zia, rivelò.

"La nascita è prevista per il 27, due giorni dopo Natale".

Jane sentì subito un forte legame con sua nipote; l'aveva vista forse tre volte in tutta la sua vita, ogni volta, per l'occasione di un funerale, e mai ebbe l'opportunità di scambiare qualche parola in più dei soliti 'come stai?' o 'sei bellissima' ma questa volta sarebbe stato diverso. Un tempo per conoscersi ed amarsi.

Pur desiderando di sapere tutto su Eva, non voleva 'aggredirla' con molte domande personali, 'dopo tutto' disse tra sé, 'non sto conducendo un'indagine'.

Eva non aveva bisogno di domande o indizi, era desiderosa di condividere la sua vita con Jane, che era venuta per aiutarla e confortarla in un momento così importante.

"Il padre di Nadia ... Sì, questo è il suo nome" Eva disse, accarezzandosi il grembo. "E' nell'esercito, non sarà in grado di venire per la nascita, perchè le regole non includono il congedo di paternità ai soldati in servizio attivo non sposati. Noi non siamo ancora sposati, ma Robert verrà più tardi, forse l'anno prossimo, per vedere sua figlia".

Mangiarono la cena che Eva aveva preparato e si aggiornarono sulle loro vite, ognuna trovò le risposte alle domande che aveva cercato invano da tempo.

Dopo cena, Eva, con una voce solenne disse: "Permettimi di eseguire la volontà di mia madre" e dandole una scatola di un bianco antico, "questa è la collana di perle che la mia mamma indossava nei momenti in cui aveva bisogno di forza per andare avanti. Ora è tua zia Jane!".

"Grazie!" Le sussurrò, colma d'emozione. Mettendosi la collana al collo, Jane sentì l'amore e l'orgoglio di sua sorella e di sua madre.

La nascita di un bambino porta gioia pura nella vita dei parenti! Jane sentiva emozioni inaspettate contrastanti nel suo cuore, alcune le causavano tristezza e dolore, altre le portavano un sorriso sul suo viso, si sentiva confusa non sapendo quale sarebbe stato il suo ruolo durante il processo della nascita.

'Vorrei curarla ed incoraggiarla durante il travaglio, è una donna adulta, non so se avrà bisogno del mio aiuto'. Dopo tanto pensare, prima di addormentarsi, Jane decise 'l'aiuterò secondo le circostanze.

Il legame tra zia e nipote si rafforzò più che mai e le due, pochi giorni dopo, non avevano più segreti da condividere. Lavorarono in armonia nel completare l'arredamento della camera della bimba e nel decorare l'albero di Natale. Scoprirono di avere gli stessi gusti e le stesse idee.

"Tre giorni per Natale!" Jane, preparando la colazione, annunciò.

"Cinque per la nascita di Nadia!".

Sedute a tavola, Jane notò delle strane smorfie sul volto di Eva.

"Ti senti bene?" Le demandò.

"Sì, ho solo delle contrazioni un po' forte ma il medico mi ha assicurato che è normale nell'ultima fase della gravidanza".

"Tu fai sembrare la gravidanza così facile" Jane si complimentò con sua nipote.

"In realtà, sei tu che mi dai coraggio" Eva restituì il complimento.

Le contrazioni dalla fase prodromica cambiarono in quelle da travaglio attivo, divennero più forti e frequenti e verso mezzogiorno le acque si ruppero; erano venate di sangue, il che preoccupò Eva che decise di andare all'ospedale. Jane chiamò per lei il 911, mentre in attesa dell'ambulanza aiutò Eva a cambiare posizione, andare al bagno. Le massaggiò le tempie e l'incoraggiò a rilassarsi. Telefonò a Mike per dirgli che erano sulla via dell'ospedale e di raggiurgerle lì. Poi andò in cerca del bagaglio da portare in ospedale che Eva aveva preparato in anticipo.

Una volta che i paramedici arrivarono, Jane viaggiò in ambulanza con Eva tenendole la mano e ricordandole di respirare profondamente durante le contrazioni.

Jane aveva tanto desiderato di essere presente alla nascita ma le fu vietato di entrare in sala parto perchè il dottore prevedeva delle possibili complicanzioni.

Jane rimasta nella sala d'attesa a pochi passi di distanza dalla sala parto, aspettò ansiosamente, con la fotocamera in mano pronta, non appena le fosse permesso, a scattare la prima foto di Nadia e di dare supporto alla mamma. Nel frattempo, fu in grado di provare il suo ruolo di sostegno con Mike, che arrivato stressato e preoccupato per sua figlia.

"Che cosa è successo? La nascita era prevista per il 27".

"La data di nascita è approssimata, e varia da casi a casi" Jane gli spiegò, "la tua nipotina aveva fretta di venire" scherzò, mettendo Mike di buon'umore.

Il medico dopo un tempo che sembrò un'eternità, entrò nella sala d'attesa e comunicò loro: "Mamma e bebè stanno bene, durante il parto abbiamo avuto qualche complicazione, ma tutto è andato bene".

"Possiamo vederle?".

"Tra un po', l'infermiera verrà a chiamarvi".

Dopo quella che sembrò un'altra eternità Jane e Mike finalmente furono ammessi a vedere la piccola Nadia.

Jane non aveva mai visto un neonato prima. Si aspettava di vedere un bambino robusto capace di saltare nella culla, fu sorpresa nel vedere la piccola creatura cosi delicata, le sembrò come se il suo cuore si svuotasse dei tanti sentimenti per riempirsi d'amore per la neonata.

Durante la sua carriera, Jane aveva soppresso le sue opinioni ed emozioni, combattuto criminali e contrabbandieri per le strade di Los Angeles e in molte altre città. Aveva assistita a numerosi attacchi terroristici, ma non aveva mai permesso alla paura di sopraffarla neanche quando vicinissima alla morte. Jane pensava di essere la quintessenza dell'auto controllo ma vedendo Nadia per la prima volta cambiò tutto, scossa alla vista del bebè, accecata dai sentimenti più intensi che non ricordava di aver mai provato.

Jane aveva dato per scontato che avesse già vissuto il giorno migliore della sua vita, che avesse raggiunto il traguardo più arduo della sua vita, ma tenendo Nadia tra le braccia, un fagottino di 3 chili e mezzo, bella, con i tratti del viso così perfetti, la manina che si stringeva attorno al suo dito, sentì che la vita aveva ancora tanto da insegnarle.

Conoscere Nadia

Jane, non riusciva a credere ai suoi occhi, la piccola Nadia così delicata aveva conquistato tutti. Non cessava di osservare la pelle rosea e si preoccupava quando notava qualsiasi 'deviazione' dalla sua idea di un bebè perfetto.

Le sembrò che la testa fosse troppo appuntita e il corpo un po' accartocciato ma l'infermiera dissipò le sue paure: "Il feto cresce nel grembo con le gambe e braccia piegate, la bimba è perfettamente normale. Ha ottenuto un punteggio di 7-10 sulla scala Apgar. Il corpo man mano che cresce si allungherà" le spiegò. "La testa a forma di cono è il risultato del passaggio attraverso il canale del parto, ma è solo temporanea, in pochi giorni, la testa prenderà una forma arrotondata".

Jane si sentì sollevata dalle spiegazioni mediche dell'infermiera, ma continuava ad ispezionare quel corpicino che non si stancava di stringere al suo petto, baciava le dita sottili, la pelle incredibilmente delicata, calda, tenera e odorosa, ma le macchiette, peluzzi e rughe visibili sopratutto sul viso le percepì come grave imperfezioni, diventarono fonte di preoccupazioni.

l'infermiera ancora una volta la rassicurò: "In pochi giorni o settimane, la pelle si schiarirà e le rughette spariranno, ma prima che andate a casa il pediatra la esaminerà per essere sicuri che tutto sia normale".

Jane, finalmente rassicurata sullo stato fisico della piccola Nadia, trascorse il resto della giornata, osservando ogni movimento sorpresa di vedere come era vispa. Piangeva, si addormentava e a volte, guardava direttamente negli occhi di chi la teneva.

Eva si sentiva stanca, completamente stordita, ed incredula che dopo nove mesi di attesa, molte ore di travaglio, le infinite esortazioni dell'infermiera di spingere, la sua bimba era lì tra le sue braccia che la guardava, allattando al seno. Il succhiare 'apri-pausa-chiudi' e i lievi movimenti vicino all'orecchio e alla tempia della neonata le sembrarono come se la piccola non riuscisse a poppare attivamente, e continuava a comprimere il seno.

"Credo che non si sazia mai, d'altronde non vedo nessun latte venire fuori dal mio seno ma solo acqua" Eva, preoccupata, disse a Jane.

Jane, ignorante in materia, non era in grado di darle una spiegazione, chiamò la specialista dell'allattamento che era nella stanza accanto con un'altra giovane mamma che aveva la stessa difficoltà.

"Il seno, dal quarto mese di gravidanza fino a quattro-cinque giorni dopo il parto produce il colostro, un liquido chiaro, precursore del latte" la specialista le spiegò, "man mano che la neonata succhia, l'interazione complessa di tre ormoni provoca la produzione del latte. Sii certa che la bimba sta ottenendo il giusto nutriente nella giusta quantità che i neonati bisognano nei primi giorni di vita".

Dopo l'iniziale vispezza, la piccola Nadia, come una perfetta neonata, dormiva quasi tutto il giorno, era necessario svegliarla ogni 2-3 ore per allattarla.

Jane nel realizzare che la nascita di un bambino è un'esperienza che cambia la vita per sempre, condivise con Eva la vasta gamma di sentimenti che avevano vissuto dalla paura e tante preoccupazioni alla gioia pura e naturale.

Jane aiutò sua nipote ad annunciare la grande notizia della nascita di Nadia ad amici e famigliari e chiese a tutti di passare la notizia tra altri amici e parenti per dare ad Eva più tempo con la bimba.

Decisero di limitare le visite dei conoscenti e parenti nelle prime settimane per proteggere la mamma e il bebè da possibili infezioni e per mantenere i primi giorni di vita di Nadia, tranquilli. 'Cosi posso godermi la mia nipotina senza condividerla con nessuno' Jane pensò.

"Nadia è nata!" Jane, dopo che si rimise dalle tante emozioni, informò Michelle.

"Congratulazioni!" Michelle rispose con un tono di voce fabile.

Immediatamente, Jane percepì che qualcosa avesse colpita la sua amica, sapendo che il modo migliore per trattare Michelle era quello di attendere in silenzio, evitò l'inutile domanda, 'cosa è successo?'

"Paul mi ha lasciato!" Michelle disse a mozzafiato.

Questa volta, Jane non potette astenersi dal chiedere con una voce frenetica: "Lasciata? Che cosa vuoi dire? Ti ha lasciata!".

"Sì, ... è morto!".

Jane trovò difficile assorbire la notizia, l'esperienza e la gioia della nascita della piccola Nadia scomparvero, mentre la sua anima veniva travolta dal dolore, non riusciva a muovere la lingua per articolare le parole che voleva dire.

"La mamma e il bebè stanno bene?" Michelle, più forte che mai, le chiese.

"Sì, entrambe sono in buona salute" Jane rispose, chiedendosi dove la sua amica trovava la forza di essere sè stessa in ogni circostanza.

La nascita e la morte sono gli unici eventi che tutti, uomini e donne, subiscono indipendentemente dalla loro fede o dal loro stile di vita.

"Viviamo i due eventi inconsciamente" Michelle disse e continuò: "Alla nascita, non ci rendiamo conto di diventare parte di questo mondo e alla morte che non siamo più parte di esso".

Jane non riusciva a commentare alla saggezza della sua amica.

"La nascita e la morte sono i nostri migliori amici, in entrambi i casi, concentrati sul presente non abbiamo rimorsi o preoccupazioni per il futuro” Michelle concluse.

Per alcuni lunghi minuti, solo singhiozzi si sentirono dai loro cellulari, entrambe, sopraffatte dall'emozione, non riuscivano a trovare parole per consolarsi a vicenda ma d'altronde non ne avevano bisogno, Jane e Michelle sapevano che erano lì l'un per l'altra, per continuare la loro vita fino a quando loro stesse si sarebbero avvicinate alla fine.

“Quando andate a casa?” Michelle, infine, domandò.

“Saremo a casa per Natale!” Jane esclamò mentre la speranza le ritornava al cuore. “E tu, amica mia, quando ritorni?”.

“Sarò a casa per Natale” Michelle rispose. “Sarò a casa, non preoccupatevi, non sarò da sola, ho ancora degli amici al clubhouse”.

Jane sentì il bisogno di ritornare al Fourth Mile, ma tenendo la nuova creatura tra le braccia sentiva che restare per celebrate la nuova vita fosse più importante che ricordare una vita già passata.

“Io ritorno a casa il prossimo anno”.

“Va bene, godetevi la vostra piccola, non pensate a me, Buon Natale!”.

Jane respirò profondamente, si asciugò le lacrime e ritornò nella stanza di Eva, dove l'infermiere stava dimostrando alla nuova mamma come dare il primo bagno alla neonata.

"E' importante attendere la caduta del moncone ombelicale, perché si rischia di provocare un'infezione" l'infermiera spiegava, "fino a quel momento però tenete il bebè pulita lavate le manine, viso e collo ogni giorno, il sedere e genitali ad ogni cambio di pannolino" l'infermiera continuava a spiegare dimostrando su un manichino come dare il primo e i seguenti bagni.

Eva appariva ansiosa piena di paura di non essere capace di curare per la piccola Nadia adeguatamente.

"L'idea di metterla nell'acqua e d'insaponarla è semplicemente stressante".

"Col tempo cambierà" l'infermiera l'assicurò. "Oggi è un tempo di conoscere e amare la tua piccola, più tardi, seguirà un periodo di apprendimento e di gioco e in un paio di mesi ti sentirai competente da aumentare la frequenza dei bagni e di farne una routine."

Il giorno di Natale

La mattina di Natale, la mamma e la neonata furono dimesse. Eva sapeva che era normale sentirsi nervosa di portare la bimba a casa. Era sicura, che col tempo avrebbe trovato un ritmo e stabilito una certa routine ma non riusciva a liberarsi dall'ansia.

Aveva nostalgia di sua madre, le mancava tanto ma era così grata di avere Jane che la stava aiutando con tutte le modifiche che la vita futura richiedeva come l'allattamento, coccolare la piccola, alternare il sonno e il cambio dei pannolini che avrebbero caretterizzato il ritmo della vita per mesi.

Eva fu pronta a ritornare a casa.

Da quando Nadia era nata, Jane si era installata sul divano letto, riservato agli ospiti, nella stanza di Eva, aveva tenuto tra le braccia la piccola Nadia, guardandola degli occhi e parlandole, l'aveva osservata quando allattava, quando dormiva quando le cambiavano i pannolini o la lavavano, condivise la prima e molte altre foto con amici e famigliari con gioia ed orgoglio. Ma era tempo di andare a casa.

'Ero così eccitata da non contenermi più nella mia pelle' Jane, avrebbe sempre raccontato a tutti coloro disposti ad ascoltare per l'ennesima volta la sua esperienza della 'nascita'.

Mike, come Jane, era emozionato e bramoso di fare la sua parte, per giorni, richiese consigli agli infermieri e pediatri del reparto sulla scelta del seggiolino auto più sicuro; trascorse il giorno precedente nell'installarlo nella sua auto. rilesse più volte la guida d'installazione e controllò il suo lavoro fino all'inverosimile, finalmente fu soddisfatto, il seggiolino auto sul sedile posteriore contro la direzione di marcia dotato di un cuscino mini-riduttore per assicurare la posizione semi-sdraiata della bimba e la corretta postura della testa, sembrava solo aspettare la 'principessa'.

nella mattinata tardi di Natale, Mike condusse la sua 'squadra' a casa. Dopo che ognuno si fu situato. La bimba allattata, cambiata e messa a dormire nella culla. Eva e Jane si recarono in cucina in cerca di un po' di cibo da preparare, rimasero sbalordite alla vista della tavola addobbata con decorazioni Natalizie ma, soprattutto, dal cibo che le aspettava.

"Babbo natale e i suoi elves ci hanno preparato il pranzo!" Mike annunciò.

Eva e Jane risero a crepapelle, lo abbracciarono. "Grazie, sei un tesoro! Buon Natale!".

Mentre si sedevano a tavola, sentirono il campanello squillare, Mike andò ad aprire e la sorpresa quasi lo soffocò.

"Eva!" Riuscì infine ad urlare.

Eva corse alla porta, sapendo già che 'Lui' inaspettatamente era arrivato.

Robert, sulla trentina, bello con un viso ovale e zigomi sporgenti, spalle ampie, un corpo atletico, con scarponi e uniforme militare, l'aspettava fermo sulla soglia.

"Eva!" Robert gridò mentre lacrime di gioia gli apparirono negli occhi.

Eva corse tra le sue braccia. Mike fece appena in tempo ad afferrare l'orsachiotto di peluche bianco e il mazzo di rose che Robert aveva con sè.

"L'unico desiderio che avevo era quello di trascorrere il giorno di Natale con la mia famiglia" Robert sorridendo le sussurrò.

Eva prendendolo per mano lo portò nella camera della bimba.

"Oh mio Dio!" Robert esclamò alla vista di sua figlia, "come è bella! Non vedevo l'ora di vederla" si inginocchiò accanto alla culla. "Mi dispiace di svegliarti piccola, ma ho bisogno di prenderti tra le mie braccia, è stato il mio sogno ad occhi aperti per tanti mesi".

Robert la sollevò delicatamente e la piccola Nadia sembrava gioire delle attenzioni e rannicchiata sul petto del papà che la stringeva al suo cuore, continuò a dormire.

Natale è la festa in cui tradizioni e usanze si trasmettano da una generazione all'altra, è il giorno in cui le famiglie si riuniscono per celebrare l'amore che li unisce e costruire legami che senza bisogno di lunghi discorsi, creano nuove tradizioni dove tutti sentono un senso di appartenenza.

La mattina di natale, alle ore 10, Michelle atterrò a Cedar Rapids, un Uber la portò al Fourth Mile. Entrò in casa 'sembra così vuota, mi fa quasi paura', si sedette e per la prima volta, sentì la differenza tra l'essere da soli ed esseri soli. 'Ho sempre preferito stare da sola nella mia vita'.

Michelle aveva sempre cercato e goduto la solitudine nella sua vita; le dava il tempo di pensare e di risolvere la maggior parte dei suoi problemi, 'ma l'essere soli significa vivere nella tristezza, e nel vuoto' gridò ad alta voce nel silenzio della sua casa al sicuro da sguardi curiosi o commenti inopportuni.

Dopo un paio d'ore di passività, il tempo non aveva più valore per lei, si alzò, preparò una tazza di caffè e mentre lo sorseggiava si ricordò del pranzo al clubhouse per i residenti rimasti da soli nella comunità. Michelle sorrise 'la vita ha sempre qualche cosa da offrirci', si fece una doccia, si vestì a festa. Si truccò con attenzione gli occhi e dopo il mascara, applicò un blush rosa sulle guance pallide sfumandolo con il pennello verso la parte alta degli zigomi, si mise il rossetto preferito di colore rosy-mauve sulle labbra secche, si guardò un'ultima volta allo specchio e fu contenta di quello che vide, il trucco mascherava bene la sua espressione triste e il suo sguardo stanco.

Arrivò nella sala del clubhouse, si accodò alla fila dei presenti per servirsi al buffet, dove c'era solo l'imbarazzo della scelta: arrosto di manzo, tacchino ripieno, purè di patate, sugo e salsa di mirtilli, carote e broccoli come contorni. Torta di zucca e budino come dessert.

Poi si sedette a un tavolo con alcuni residenti, che non aveva mai visti prima, 'sarà più facile evitare di parlare del mio dolore e per godermi il pranzo'. Dopo che si presentarono e mentre mangiavano I residenti iniziarono una conversazione sulla vita in generale, di eventi speciali, dei Natali del passato, dei documentari sul Netflix e HBO e dei loro progetti in corso. Michelle fu grata che nessuno parlò della morte.

A sera, dopo gli avvenimenti e le sorprese del giorno, quando l'emozione sembrò placarsi e il desiderio di abbracci e parole soddisfatti, la famiglia seduta intorno al camino si godeva l'atmosfera di gioia. Robert tenendo la piccola Nadia tra le braccia non riusciva a distogliere lo sguardo da Eva.

"Devo andare" Mike, ruppe l'atmosfera di pace e di silenzio, e dolcemente accarezzò la nipotina, baciò sua figlia, e fece il saluto militare a Robert, e ritornò a casa sua.

"Io parto domani mattina" Jane annunciò.

Anche se era felice di aver ritrovato la sua famiglia da amare ed essere amata, Jane capì che era tempo d'andare. Eva e Robert avevano il diritto di essere insieme, di amarsi, e allevare la piccola.

"Zia Jane, sarai sempre la benvenuta in qualsiasi momento".

"Ritornerò, voglio vedere Nadia crescere, continuare la tradizione della famiglia" s'inginocchiò accanto al bebè e le diede la sua collana di perle, il cimelio della famiglia alla primogenita della nuova generazione.

Il giorno dopo, Jane tornò a Fourth Mile, a casa sua, si sentiva contenta, non più confusa dal passato che ormai non esisteva più. Jane guardò la foto di Nadia, la strinse al cuore, 'la vita ha un nuovo inizio!'.

Altri libri di Lina Decrescenzo disponibili sul amazon.com:

Love the Missing Word - Le molte differenze che per molti anni hanno tenute madre e figlia a parte si sono disperse quando entrambe hanno scoperto che volevano la stessa cosa: essere accettate per le persone che erano.

Nel Cuore Morto - L'autrice racconta le meravigliose esperienze durante il volontariato internazionale in Ciad, Africa soprannominato 'il cuore morto dell'Africa' per via della sua posizione geografica. Nonostante il suo soprannome, il Chad è un paese vivo e il cuore della sua gente continua a battere per superare le difficoltà.

Il Fuoco dello Shanty - La storia d'amore di Riana e Rene e i loro duro lavoro per realizzare il sogno di una vita migliore. La loro felicità è completa quando nasce Tea, la loro amata figlia.
Ma un'orribile maledizione distrugge presto il loro mondo.

Salendo sull'Altopiano - Decenni di aiuti internazionali, in forme di cibo, denaro e forza di lavoro per alleviare i paesi del mondo dalla povertà non sta raggiungendo il suo obiettivo.

L'autrice durante il suo servizio in Africa, come infermiera, ha insegnato, aiutato e salvato molte vite, ma è stato come una goccia d'acqua in un vasto deserto di povertà.

Opinioni - le opinioni dell'autrice radicate nelle sue esperienze reali, prospettive e credenze della vita esprimono la sua comprensione del mondo, ma sono in conflitto con le vostre?

Io, Il Killer - L'incidente mortale che ha ucciso una coppia è confermato come un doppio omicidio e la scomparsa della bambina un rapimento.

L'indagine diventa intrigante, lunga e noiosa, ma alla fine, rende giustizia alle vittime.

9 798698 702948